うつりゆく時をたずねて

1945

小泉 清
Koizumi Kiyoshi

風詠社

はじめに

平成31年4月30日で平成の時代が幕を閉じ、２０１９年5月1日から令和の時代が始まりました。当時、新しい時代への期待に列島が沸きましたが、平成の終わりに伴って昭和の時代の記憶がさらに遠ざかっていく感が、戦後の１９５２年（昭和27年）生まれの私にとっても拭えませんでした。

そしてこの危惧は、令和2年になって2月後半から日本でも広がった新型コロナウイルスの問題で、ますます強まることになりました。３月の東日本大震災9年の追悼行事に始まり、戦後75年にあたるアジア・太平洋戦争に関連した追悼式や記念式典、ＪＲ西日本福知山線事故など重大な事件や事故についての催しが軒並み中止や縮小。多くの人が過去を振り返り、未来への姿勢を見直す機会を逃すことになりました。また、感染防止やオンライン化の名のもとに、人と人との深いやりとりが敬遠されがちになり、歴史を掘り起こす動きにも支障が出ないか……。これが一時的なことで、杞憂であることを願っています。

こうした時期だけに、戦中戦後からの変動の中で、先達の人々がどう考え、行動したか。各地を訪ね、様々な人から訊ねたことを改めて見直し、整理したいという気持ちが強まりました。

文章の土台にしたのは、平成22年から続けている個人のサイト「季節を歩く」です。その前年まで勤めていた新聞社のホームページ向けに連載していた花紀行の流れで始めましたが、山麓の宿の主人や女将さん、ご住職や神職さん、畑や山道で出会った人……と訪れる場所場所で話しているうちに、さまざまな風土の中で育ち、なりわいを重ねてきた人々の生きた言葉に惹かれました。そして、一個人としても土地土地に刻まれた歴史を少しでも聞き返し、書き留めたいと思うようになってきました。これらの記録の中でもとりわけ印象に残り、いまにつながっている話を軸に選びました。

まずは「あの戦争を忘れない」。今年で戦後75年。戦争を直接体験した人も少なくなり、15歳くらいで少年飛行兵や満蒙開拓義勇軍団員として志願した人でも90歳を超えています。しかし、新たな世界の中で日本が進む道を考えるうえでも、その記憶と証言に今一度耳を傾けたいと思います。

続けて「この土地に立つ」。終戦の昭和20年から、農地解放をはじめとする戦後改革、戦災復興、高度経済成長、エネルギー革命、環境破壊と社会が大きく変わりました。平成はバブル崩壊に始まり、ネット社会化はあらたな可能性を開きながらも、急激な少子高齢化、東京一極集中が地域を蝕みながら令和に続いています。阪神・淡路、東日本大震災、毎年のように繰り返される水害の与えてきた打撃はいうまでもありません。昭和、平成、令和と時代がうつりゆく中、地域に立ってきた人々の話を読み直しました。

順序にこだわらず、ご関心のある項目から読んでいただければ幸いです。

目次

Ⅱ　この土地に立つ

装幀　2DAY

I あの戦争を忘れない

本土決戦に向けた特攻兵器「回天」基地があった和歌山県由良町の海岸。8月9日に着いた特攻隊員が大碆（おおばい）の岩（左向こう側）に立って輸送船の到着を待った（2015年8月7日撮影）

古座から空へ、陸軍少年飛行兵の戦中・戦後

和歌山県串本町古座

7月下旬に河内祭の御船が古座川をさかのぼる和歌山県串本町古座（旧古座町）。長年、地元の世話役を続けてきた桝田義昭《よしてる》さん（88）は、陸軍少年飛行兵として昭和20年の終戦の夏まで戦争の中の10代を過ごした。最前線での戦闘や特攻には参加しなかったが、特攻要員を中核基地の大刀洗から出撃基地の知覧に運ぶなど重要な軍務を担った。

桝田さんは、戦局が苦しくなった昭和18年（1943）4月、大津市の陸軍少年飛行兵学校に少飛16期生として入校した。旧制中学（五年制）の3年を終えたばかりの15歳。串本には海軍航空隊の基地があり、飛行機が離着陸するのを見て刺激され、大空の夢を広げていた。「お国のために役に立たなければ」という気持ちが叩き込まれており、「戦場に出るのなら飛行機乗りに。ちょっとでも早く行きたい」という気持ちだったので、卒業を待てなかった。海軍では予科練があったが「中学を5年で卒業する年が基準」とされていた。これに比べて陸軍少年飛行兵学校は「中学3年を終えていればいい」ということだったので、開校したばかりの大津

陸軍少年飛行兵時代を語る桝田さん

陸軍少年飛行兵学校を選んだ。

選考は厳しかった。飛行機乗りとしての適性が重視され、血圧などの健康診断に加え、回転装置に縛って乗せられてぐるぐる回されるという検査もあった。停止後に目の焦点がどれだけ早く戻るか、検査官が厳しくチェックした。どんなに体力があっても、飛行機乗りとしての適性がなければ落第だった。古座からは桝田さんら2人が受け、そろって合格したことが「町の誇り」として話題になった。中学の仲間らが古座にあったカフェで送別会を開いてくれ、当時は御馳走となっていたライスカレーが出された。田の少ない南紀ではすでに国産米が手に入らず、「シナ米」（中国産米）だった。

大津、熊谷、桶川、松本と訓練重ね大刀洗へ

大津の学校では1年間の年限の間に、操縦、通信、整備のすべての分野にわたって基本訓練を一通りやった。操縦を希望する者が多かったが、適性によって操縦、通信、整備と分け、それぞれの専門を学ぶ場に進んでいった。入学の際の関門を通過していても、いざ訓練に入ると、怖くなり、わざとサボって飛行機乗りでなく、地上の通信士や整備士になろうとする生徒もいた。

桝田さんは志望通り操縦士としての適性が認められ、昭和19年4月には、操縦士を養成する埼玉県の熊谷陸軍飛行学校に進学、上等兵となった。熊谷では戦闘機、爆撃機、偵察機と機種別に操縦の基本を3か月間みっちり教えられ、機種別の進路が決められた。戦闘機が最も人気があっ

たが、ここでも桝田さんは戦闘機乗りに選ばれた。同じ埼玉県の桶川分教場には河川敷に飛行場があり、そこで2か月間、実践的な操縦訓練を続けた。九七式戦闘機をもとにした練習機で、教官が同乗していたが、自分で操縦することもあった。

「技能と知識が求められた分、操縦士の待遇は良かったです。大津の学校以来、訓練の時にも殴られたりすることはありませんでした」。

桶川にも空襲が広がったため、昭和19年秋には長野県松本市に新たに疎開用に建設された陸軍松本飛行場に移った。木製だけでなく金属製の練習機もあり、離着陸訓練などを行った。ただ、燃料の不足で訓練は限られ、水平飛行と急降下に限定。松本飛行場以来、相手機の背後に回り込んだりする空中戦の高度な飛行訓練は受けることがなかった。「燃料を食ううえ『逃げる手立てを考えてはいけない』という考え方だったのでしょう」。

疎開用につくられた飛行場で地盤が軟らかかったため、百人が真横に並んで足で踏み固めることもあった。松本ではまだ余裕があり、休暇では集団で浅間温泉に行った。航空兵は家族や地元にとっての誇りだったので、ここでは自由に写真を撮って家族に送った。

空襲の間隙縫い、知覧へ特攻要員を移送飛行

そして特攻作戦が本格化した昭和20年4月ごろ、桝田さんは前線の大刀洗飛行場（現・福岡県筑前町）へ配属された。この写真はこの時期に当時の甘木町の写真館で撮影したものだ。西日本

大刀洗飛行場に着任直後の
桝田義昭さん

で最大級の陸軍飛行学校が設けられた大刀洗では、特攻隊員となった多くの飛行兵が訓練を受けていた。特攻機が飛び立ったのは、大刀洗の分校だった鹿児島県の知覧からで、桝田さんは操縦補助員として上官とともに輸送機で特攻要員4、5人を大刀洗から知覧に運んだ。末期には大刀洗から直接特攻機が離陸したこともあったが、多くの場合、大刀洗から知覧に輸送された隊員が、知覧に配備されている特攻機（陸軍では多くが九七式戦闘機）に乗って沖縄方面に向かった。

1週間に一度くらいだったが、燃料の不足や天候の状況で、計画が中止になることも多かった。敵の空襲の合間を縫っての飛行。「今のような探知機はないし、空襲で通信網もずたずただったので、勘で飛び立ち、敵機来襲で引き返すこともあった。輸送機が襲われたことはなかった。特攻隊員とじっくり話をするという余裕はなかった」。

桝田さんは、特攻隊員に選抜されたり、米軍機と直接交戦することはなかった。「戦闘機の操縦士になるには1年、2年では不可能だった。今のような正確な天気予報はなく、天気図を書いて風向きを予想することも教えられた。5、6機で編隊を組んで飛ぶので隊長機の指示をきちんと理解し、ついていくのが必要だった。特攻へ行ったのはもっと早くから訓練を受けてきた人。

17歳の自分はまだ頼りないから特攻機には乗せなかった」。

そのころになると、燃料の状況がさらに厳しく、桝田さんが飛行練習することはなかった。特攻要員の訓練内容も高等技能を要する訓練は行わず、「自分が乗らなくても、プロペラの回転音で『これは水平飛行や』とわかりました」。

大刀洗飛行場は3月27、31日にB29編隊の大規模空襲を受け、周辺住民を含め多くの犠牲者を出した。米軍が大量に投下した時限爆弾が不発のまま残っていて、桝田さんはその処理も行った。落下したとみられる場所に旗を立て、爆弾を掘り出して信管を抜く。処理中に爆発する事故もあったが、幸い死亡事故には至らなかった。終戦前の7月ごろには、この不発弾処理が課業の中心となった。

終戦時に鳥取へ、「ソ連を迎え撃つ」動きも

そして8月15日の終戦。玉音放送を聞いた記憶はないが、これで解散かと思った桝田さんに「鳥取に行け」という命令が下った。空五四二部隊の一員として鳥取に着いた。飛行の際、6日に原爆が投下された広島上空を避けたことを覚えている。「なぜ終戦になって鳥取に行かされたのかわからずじまいだった」。さっそく「日本は負けて終戦になったが、ソ連とやるんや」という話を現場の下士官から聞いた。

現地の部隊編成もごちゃごちゃで、どこに配置されていたかも思い出せないが、兵舎はなく、

近くの小学校の校舎で寝泊まりした。「なぜ、終戦になったのにソ連と戦うのか」とよくわからなかったが、広い砂浜があって日本海が見える飛行場に真新しい飛行機が5、6機並べてあった。「これはソ連とやるつもりで置いてあったんや。やるんやったらやったろうやないか」と思った。(場所は、戦争末期に建設され、大刀洗に替わって特攻要員の訓練も行われた鳥取市西郊の湖山飛行場と推測される)。

しかし、この「終戦後の対ソ戦継続」という混乱は長くは続かなかった。上層部から戦闘態勢を解除する命令が入り、部隊長が全員に招集をかけて「日本の敗戦は決した。飛行機を敵の手に渡すよりは焼却する」と命じた。「『ソ連が来るからといって何者ぞ』という気持ちはあったが、上官の命令は絶対でした。『撃墜されたのならともかく、新品の飛行機をなんで自らの手で焼かなあかんねん』と泣きながら点火しました。まさに、いい飛行機ほどよく燃えました」。

その後、桝田さんは事務の手伝いを命じられ、復員証明書の発行に追われた。これがないと、列車に乗って故郷に帰ることができなかった。終戦処理が一段落した9月6日、桝田さんは除隊となり、故郷に向かった。鳥取から福知山経由で天王寺に。列車は途中停まっては動き、乗り継ぎ乗り継ぎという状態で、1週間かかったような記憶がある。天王寺で5、6時間待って紀勢線に乗って古座駅に着いた。

鳥取では戦争の継続を見越して軍服が保管されていて、その在庫を処分するため、除隊の際に10着近い軍服を渡されていた。テントでつくった袋に軍服を入れて運んできたが、古座駅に降りた途端に緊張の糸が切れて、立ち上がれなくなってしまった。駅員が知り合いだったので、家族に連絡して迎えに来てもらった。3年間の軍隊生活の緊張がいっぺんに解けた故郷、桝田さんの戦争はこれで終わった。

同期の仲間は減っても、忘れられない経験

兄弟4人は無事で、三男だったので浦河家から桝田家に養子に入った。帰郷後、古座の町役場に勤めたが、給料が少なかったので、浜辺で塩づくりをして、三重県に持って行って米と交換したこともあった。その後、林業者の紹介で古座町出身者の多い大阪市大正区の製材所に勤めた。鉄道用枕木を扱っていて一時は盛況だったが、倒産してしまった。桝田さんは再び郷里に戻って古座の郵便局に入局、電報電話事業が分離してからは電電公社に勤めた。

桝田さんは、毎年開かれてきた大津少年飛行兵学校16期生の集い、和歌山県の少年飛行兵の集いに参加してきた。しかし、会員の死亡や高齢化で同期会の参加者は10人から4、5人くらいに減り、桝田さん自身も近年は「大阪近くの会場まで行くのが大変になってきた」と控えている。しかし、「古座にずっといたところを、少飛に入ったおかげで、いろんなところから来た人と知り合うことができた」と話すように、桝田さんにとって、少年飛行兵としての3年間は忘れられない人生の時期だった。

地域活動、河内祭の世話役…古座の残照見つめる

戦後75年、桝田さんは仕事とともに地域の世話役をいくつも務め、また古座の歴史や伝承を掘り起こしてきた。私が桝田さんと初めて出会ったのは２０１１年7月の河内祭だった。メインの御舟は江戸時代に捕鯨が盛んだった古座の鯨舟を飾りたてたもの。河口部を宵宮の23日夕に出発、河内様《こうったま》と呼ばれる３キロ上流の聖なる島に向かう。特に夜の河内様で行われる「夜籠り神事」は心が震える。提灯を灯した御舟が舟謡とともにゆっくりと河内様を回り、河原では西岸の古田地区が暗闇の中、笛と太鼓に合わせて迫力ある獅子舞を演じ

宵宮で古座から河内様に向かう御舟（上）と河原の座に座るショウロウ

る。

　翌日の本宮では、「神のよりまし」ショウロウの女児1人と男児２人が古座神社から若衆に背負われ、当舟に乗り込んで河内様へ。河原の座に並んで座り、威儀を崩さずに拝礼を受ける。神事の間、御舟が河内様を周回、古座、高池下部が、地区ならではの獅子舞を披露する。

　ショウロウが河内様に背を向けて川下の方を向いたちょっと変わった座わり方についてなぜと尋ねると、テント前にいた古座区役員の桝田さんが、「九龍島《くろしま》と鯛島の方を見ているので、ああした座り方になるんです」と、祭りのしきたりについていろいろ教えてもらった。奥様の年恵さんからいただいた河内祭定番の柏寿司の味も忘れられない。マグロ、サバ、ソラマメ、コンニャクなど家それぞれの具を入れた混ぜご飯を大きな柏の葉に包んだ柏寿司は、舟の間で投げ渡しできるほど携行性があり、保存性が高い優れものだ。

若衆に背負われ当舟に向かうショウロウ

　翌年5月、桝田さんに古い家並みの間を通る古座街道を上から下へ案内してもらった。熊野水軍の伝統を受け継ぎ、江戸時代には紀州藩の鯨方が置かれた古座は、明治になっても古座川上流の木材や木炭の集積地として栄え、木造船の造船も盛んだった。昭和11年に紀勢線が開通するまで古座は大阪商船の定期船が一日1回通い、待機船も多く、町内には船客目当ての旅館や船会社の代理店もありにぎわった。戦後も大漁と復興に伴う木材需要で1960年ごろまでは古座川筋の林業関連産業は活況を呈していた。

1キロほど上手の高池（古座川町）にあった木場や製材工場は、古座の対岸の西向《にしむかい》にも置かれたが、この材木を使った最終加工段階の木工所は古座に集まっていた。寺社の仕事も多かったことから、昔は10か所を数えていた。唯一残る木工所を訪ねると、建具の箇所に応じて使い分ける大小各種のカンナが並べられていた。「狭い土地に家が集まる古座では、家具も規格品でなく、家ごとの間取りに合ったものでないと役に立ちません」。

浄土真宗本願寺派の善照寺の立派な山門の前を海側に歩いていくと、旅館、炭問屋跡など繁栄の跡を留める街並みが続く。一方で、魚市が立たなくなって閉鎖されたままの漁協会館、郵便局跡の空き地など仕事と人の流出に歯止めがかからない光景が目につく。先に訪ねた高池でも、空き家のままになって朽ちかけた家があった。

林業の衰退や輸送ルートの変化、沿岸漁業の不振が重なって人口が減り続け、行政的には平成の大合併（2005年）で古座町は消えて串本町の一部となってしまった。さまざまな要因で地域の衰退が続いていることは残念だ。

桝田さんは自治会長、消防団長、民生委員、お寺の総代などを務め、建て込んだ街並みでの防火対策、南海大地震での津波からの避難路の設置など高齢化が進む地域の難題に取り組んできた。河内祭の世話役を務めていた時も、河内祭の担い手として小中学生が参加しやすくなるよう、開催日を夏休み開始後の7月24、25日にずらすなどの改革を進めた。（2016年からは7月第4

土・日曜となっている)。

「河内祭も町の現況と無関係ではいられず、担い手が減って難しい状況に直面しています」と、桝田さんは2011年に話していたが、その傾向は加速こそしても止まらない。当時は、伝統通り3隻の御舟が古座川を上り下りしていたが、5年後に再訪すると2隻だけ。操船が難しい御舟に乗り込むメンバーが少なくなり、2隻出すのが精いっぱいという。中学生が漕ぎ手となる櫂伝馬競争も、2011年には地区別に黄、青、赤の衣の3チームが出ていたが、生徒数が減り黄と赤だけになっていた。

それでも、河原の座でカメラを向けられても威儀を崩さないショウロウ、古座の獅子舞で剣を手に獅子と向かう天狗を演じ上げる6歳の女の子……。祭の中での子供の役割と存在感の大きさには驚く。祭の中で成長する姿を見つめる人々の眼差しは温かい。祭を担うあらゆる世代の人々のつながりは、日常の街にも生き続けるだろう。

(2011・7・24、2012・5・16)

白崎で回天の出撃待った若者たち

和歌山県由良町

和歌山県由良町の由良港沿いの県道を西へ。神谷の集落を抜けると穏やかな由良湾の風景が紀伊水道に面した勇壮な景観に一変し、紀州の青い海と青い空に白亜の岬が突き出た白崎が姿を現わす。持統天皇の紀州巡行の際に詠まれた「白崎は幸く在り待て大船に　真楫《まかじ》繁貫《しじぬ》きまたかへり見む」で知られる紀伊万葉の舞台だ。そして、ここは太平洋戦争末期に特攻兵器「回天」の基地が築かれ、若い隊員が出撃を待った場所である。

回天基地が築かれた白崎の岬

大引の集落が近づくと、道沿いにハマユウの花が咲いている。ハマユウは背が高いものは1m近く、6枚ずつの花びらの花がいくつも集まる。濃い緑の厚い葉は長く、鋭く伸び、熱帯から亜熱帯に育つ植物の力強さを感じさせる。

海流の入りこむ土生ケ田和《はぶがたわ》の浜は紀州でも有数のハマユウの自生地だった。「ハマユウの種は殻にしっかり保護されて海水に浮きます。ベトナム、中国南部、沖縄など亜熱帯地域のハマユウの種が、スイセンやアコウと同様に、黒潮の分流に乗り流れてきたのでしょう」。由良町誌編纂委員長を務め、和歌山県の生物に詳しい後藤宏さんから教えてもらった。

しかし、今、自生のハマユウはどの浜にも見られない。「大引の浜も昔は浜一面に咲いていたのですが、１９６０年の伊勢湾台風や道路の拡充などで浜が狭くなってしまい、消えてしまいました」と集落のおばあさんが残念がっていた。今、目にするハマユウの多くは「由良町ゆかりの花を再び」と海岸沿いに苗を植えたり、種をまいてきた人々の取り組みの産物だ。

「どうすれば攻撃に成功できるかだけ考えた」

洞窟を広げた回天基地跡（2002 年７月）

白崎海洋公園に戻ると入口に「人間魚雷『回天』基地跡」と記された由良町教委の説明板があった。「紀伊水道へ侵攻してくる連合軍の艦船を攻撃するため、爆薬を装填した一人乗り潜水艇を操縦する特攻隊員が配属されていたが、回天の配備が遅れ出撃することなく終戦となった」と書いてある。

町史などによると、由良町は、大阪湾に通じる紀伊水道に面した海防の要衝だった。太平洋戦争の開戦２年前の１９３９年に海軍紀伊防備隊が置かれ、１９４５年夏には本土決戦に備えてと、「回天」の基地が建設された。当時石灰岩を掘り出していた白崎の洞窟を広げ、回天格納庫や海に運び出す

由良基地出撃を前にした松場公平一飛曹（右端）ら４人

軌道を設置。その基地跡が海洋公園手前の県道トンネルとして使われていた。

結果だけを抜き出すと結局「回天の出撃はなかった」のだが、隊員にとっては生死の境を越えた重い体験だった。帰阪後、終戦直前に隊員として由良で出撃を待った松場公平さん（75）（名古屋市東区）から体験をうかがった。

松場さんは旧制三重県立尾鷲中学５年になった昭和18年４月、予科連＝海軍甲種飛行予科練習生＝を受験して入隊。奈良県で訓練を続けたが、翌19年８月中旬に急きょ講堂に集められ、「現在の時局に対応できるべく開発した特殊兵器の搭乗要員」への応募を問われて迷わず志願した。８月末に窓を閉め切った行先不明の列車で出発し、広島県の呉駅に到着。２か月間、呉周辺の基地で魚雷の勉強、カッター訓練などを続けた後、12月には回天出撃の最前線基地の大津島基地隊（山口県）に転進した。先輩が次々出撃する中、翌20年4月からは搭乗訓練に入った。死に直結する過酷な訓練。6月の8回目の搭乗訓練では観測の誤りから海底に突っ込んで2時間半閉じ込められ、一時は死も覚悟した。7月には由良基地へ出撃する部隊の編成がされ、松場さんは4名のうちの1人として出撃命令を受けた。

「8月6日に大津島を出発しましたが、広島原爆のため山陽本線が通れず山陰線回りで京都へ。隊長のはからいで故郷の尾鷲を訪ね、由良に着いたのは9日でした。大阪屋という旅館に宿泊、どの回天に誰が乗るのか順番も決まっており、どうすれば敵艦の攻撃に成功できるかだけを考えていました。11日か12日には回天を積んだ輸送船が到着する予定で、沖合いを見て、まだか、まだかと待っていました。しかし、回天は来ないまま15日に終戦を知らされ、大津島に戻ったのです」と当時の心情を話していただいた。

戦後、名古屋や仙台で木材業を営んできた松場さんは２００1年、戦友と由良町を56年ぶりに訪問した。後藤宏さんの案内で、今は県道トンネルになった基地跡などを回った。「浜の松林は消えていましたが、白崎を望む海岸の景色は昔のまま。当時のことが鮮明によみがえりました」と話していた。

（２００２・７・４）

朽ちる戦跡、記憶薄れ風化のおそれ

２０１２年に白崎を再び訪れ、より志願の動機や訓練の様子などの詳しい話をうかがいたいと松場さん方に連絡した。残念ながら松場さんは２０１０年8月6日に83歳で亡くなられていた。妻の充子さんにうかがうと「戦死された先輩隊員のお参りに毎年行き、回天のことは家族に何度も話していました」と言われた。長男の啓人さんが回天の操縦の難しさを尋ねた時、松場さんは「まず恐怖心が来る。真夜中の運動場で真っ暗な中、目隠しをして自転車に乗るような感じで、シャンシャンと音だけが聞こえ、ゾーッとする」と話していたという。

松場さんがワープロで打ち込んでいた手記「遠い思い出」を、啓人さんから送っていただいた。喜寿を目前にしていた松場さん。「青春の総てをぶっつけた回天搭乗訓練の10ケ月の日々が一番強烈な思い出」と振り返る一方、脳裏から離れない場面があった。松場さんら予科練生が特攻兵器搭乗への志願を問われた際、年配の海軍大尉だった分隊長が「お前たちは飛行機の搭乗員になるべく、故郷を出てきたのだろう。じっくり考えて決断せよ」と周りを歩きながらブツブツつぶやいてくれた。松場さんは、「若すぎる生徒を早く散らせたくなかったであろう分隊長のつぶやきは、この歳になって初めて実感する心情」と記している。

手記とともに、由良基地出撃に際して撮影した記念写真を送ってもらった。隊長の武永少尉と、高山照夫、柴田文四郎、松場公平の各一飛曹の4名。所在がわからないままだったが、回天会の会員が力を尽くして探した結果、戦後60年の2005年になって見つかり、松場さんはことのほか喜んでいたという。

インパール作戦を生き抜いた戦争体験から由良での「回天」の記録に尽力してきた後藤さんも2010年3月に91歳で死去するなど、当時を直接知る世代が去っていく。そうした中で、歴史としての由良の回天基地さえ風化していくおそれがある。

「回天」搭乗員が泊まっていた大引の集落の旅館「大阪屋」もかすかに看板の跡を留めるだけで、地元でも「回天」を偲ぶよすがは少なくなってきた。町教委の説明板も目につきにくい場所にあるせいか、白崎海洋公園を訪れる人はほとんど気付かないようだ。

詠み人知らずとされる作者が「白崎は幸く在り待て」と呼びかけた白い岬。この地あの年の夏、回天の到着を待って海を見つめていた若者たちがいたことは記憶に留めておきたい。

（2012・7・4）

特攻艇「震洋」荒海で出撃訓練重ねた日々

和歌山県由良町

太平洋戦争末期、船も飛行機も底をついた日本海軍が本土決戦に向けて造った特攻兵器は人間魚雷「回天」だけではない。ベニヤ板製モーターボートの船首に爆薬を積んで特攻する「震洋」、兵士が海底に潜って棒付き機雷で米艦船を迎撃する「伏龍」もあった。和歌山県由良町出身の中塚清さん（89）は、「震洋」搭乗員として終戦の日まで台湾で出撃訓練を続けていた。

中塚さんは大正15年（１９２６）11月7日に生まれた。小学校から野球も相撲も得意で、耐久中学（現・和歌山県立耐久高校）に進むと飛行機に憧れてグライダー部に所属。最上級の5年生になった昭和18年（１９４３）、予科練＝海軍甲種飛行予科練習生＝を志願した。

配属先の三重海軍航空隊奈良分遣隊は天理市内の天理教会の建物を隊舎として使っていた。ここには朝鮮・台湾・中国など「外地」から来た隊員もいたが、そのうちの3人が上官の厳しいシゴキに耐えかねて2階から飛び降り自殺した。現場は近づかないようにされ秘密裏に処理されたが、この飛び降り自殺は「ボーイング」と呼ばれていた。

「V1・V2に勝る超強力兵器」その場で志願

教育訓練中に全員が講堂に集められ、海軍省の偉い人から「特攻に出る飛行機がもう底をついたが、ドイツのV1・V2に勝る超強力な新型兵器ができた。ついては、それを操縦してもらいたい」と告げられた。その場で搭乗員の募集が行われ、ほとんどの隊員がこれに志願した。

志願者たちは、昭和19年9月に大阪から窓をすべて閉じた列車に乗せられて出発した。到着した先が長崎県川棚町。大村湾に面した海軍水雷学校に新たに作られた分校、川棚海軍臨時魚雷艇訓練所だった。分校到着前に引率教官から「明日、超新兵器を見てがっかりするな」と言い渡された。それで、初めて「震洋」を見た時も「ああこんなものか」と思ったが、がっかりしなかったという。

ここで薄《すすき》部隊に配属され、震洋の操縦方法を教わり、夜間に1艦隊12隻で出発、縦一列で敵艦に接近後、敵艦直前で左右横一列に並んで全速で突入、体当りする訓練などを約2か月間受けた。10ノットを超える速さの水道を乗り切るのが卒業試験だった。

訓練を終えた中塚さんらは、震洋艇とともに貨物船に乗り込み船団を組んで台湾へ出航したが、途中五島列島付近で浮遊機雷に当たって船が損傷した。いったん呉基地に戻って修理を受けた後、昭和20年1月、再び船団を組んで出航し、今度は無事台湾に着いて、台湾最南端のバシー海峡を望むガランビ岬の基地に配属された。

基地には震洋艇を隠すための格納壕が完成しており、壕内には震洋をトロッコに載せて海面まで下ろすためのレールも敷かれていた。内湾で穏やかだった大村湾と違って、ここはバシー海峡を望む荒海で訓練も厳しかった。実戦では真っ暗闇での攻撃は無理、昼間は敵機に見つかるので、狙うは夕暮れ時しかない。これを想定して夕刻、まだ薄明かりの残る状況で、敵艦を探して体当たり攻撃する訓練を繰り返した。全長５ｍ足らずの船体は高い波の上に上がると動きが定まらず、浸水でエンジンが効かなくなることが多かった。６月10日の夜間訓練では、エンジン故障などで転覆沈没する事故が相次ぎ、第二艇隊長ら７名の仲間が行方不明になって訓練死した。

台湾で捕虜に、「以徳報怨」の声明に安堵

この頃、米軍の攻撃は沖縄に集中していたこともあって、ガランビ基地には終戦まで米軍機の空襲はなかった。食事はよく給料も多かったので、生活の苦労は全くなかった。日本の敗戦は考えてもいなかったが、８月15日に玉音放送を聞いた時は、「ああ、これで終わった」と感じた。

海兵団内で捕虜になってしばらくして全員集合させられた。蔣介石総統代理の長官が「日本のみなさん、中国は日本軍に中国大陸を侵略されて相当な被害を受けましたが、私たちはその怨みに徳をもって報います。皆さんを必ず祖国にお帰しします」という「以徳報怨」の声明を読みあげるのを聞いた時はみんな感激し、「よかった、助かった」と安堵の胸をなでおろしたことが今も印象に残っている。

捕虜になってまもなく虫垂炎になった中塚さんは、痛む下腹部を手で押さえながら歩いて海軍病院へ行き、軍医の麻酔なしの手術を受け、また歩いて宿舎に戻った。「麻酔なしで痛かったが、手術を受けられて運よく命拾いをしました」。中塚さんは昭和22年３月に米軍の揚陸艦ＬＳＴに

乗り、3月21日に広島の大竹海兵団に上陸した。郷里の由良に帰り着いたのは3月23日だった。

復員した中塚さんは、父の家業を継いで靴屋になった。子供のころから親しんでいた野球は、戦後思う存分できるようになり、地元の仲間でチームを組み、和歌山市まで試合にでかけた。中塚さんはキャッチャーとして活躍、プレーの一方で子供たちに熱心に指導してきた。

地元の幅広い人とのつながりの中で、中塚さんは自分自身の戦争体験に加え、震洋や回天の基地もあった由良町で多くの町民が戦争の犠牲になったことを知った。「必ず死ぬと分かっていながら特攻を志願しなければならない、そんな戦争の時代を二度と繰り返してはいけないし、子供や孫たちに体験させたくない」と平和を守る運動を続けている。

（2016・6・18）

由良湾岸に残る「震洋」格納トンネル

中塚さんは出身地から遠い台湾に配置されたが、大阪湾への関門・紀伊水道に面した和歌山県由良町でも、先述の回天基地とともに、震洋の訓練が行われていた。

70年目の「終戦の日」を前にした2015年8月7日、こうした由良町の戦争遺跡を、同町文化財保護審議会委員の元高校地学教師・池本護さん（79）に案内してもらった。池本さんらが作成した「軍事遺跡ウォーキングマップ」を手にワゴン車に乗せてもらい、防備隊基地跡の裏手の

池本さんに案内してもらった震洋格納トンネル

大谷を奥に入っていくと、山腹を掘ったコンクリート製弾薬庫跡。間口2・5m、高さ3m、奥行き15mはあり、相当量の弾薬が入れてあったのだろう。こうした弾薬庫跡が周辺に10くらい残っているそうだ。

由良湾の北側海岸を西へ進むと、神谷の集落。夏休みの子供たちが遊んでいる浜で「震洋」や「伏龍」の訓練が行われていたという。造船所の裏手から紀州独特の鎌を使って藪をかき分けていくと深い洞窟があった。中は岩が崩れているが、奥行き13mほどあり中はひんやりしている。ここが「震洋」が格納された洞窟という。「回天を格納する計画もあり、大きな穴を掘ったようです。格納トンネルは7基掘られましたが、戦後ほとんどが崩れたり埋まったりしました」と池本さんは説明した。

（2015・8・7）

予科練生も穴掘りや弾薬運びに動員

後日、「震洋」格納トンネル建設に従事した予科練OBの方から話を聞けた。土浦航空隊から昭和19年10月に高野山航空隊に異動となったが、練習や模擬機もなく陸戦を想定した訓練だけ。昭和20年3月には紀伊防備隊に配属された。

海辺の岩場に穴を掘る作業は主に、徴用された朝鮮半島出身の人々が当たっていた。予科練生7、8人は週1、2回動員され、朝鮮人の現場監督のもとで作業した。「親切な人だったので、その人に教えてもらった掘り方通りに働いた。お腹がすいて仕方ない時にイモを分けてもらい、ほんとにうまかった。私はここでも一番最年少で、監督は40歳くらいの人だったので、わが子のように思って目をかけてくれたのではないか」と思い出を話していた。

中塚さんと同世代とみられる一期上の先輩は、「震洋」搭乗員として選ばれていた。夜間に海上で訓練している模様はうかがえたが、秘密保持が徹底されていたのか、実際の船体を見たことは一度もない。

この予科練生は、このほか由良湾に面した山上に築かれた対空陣地へ弾薬を運び上げたり、機関砲の射撃訓練を受け、二度、機銃掃射をかけながら低空を通過する米機の迎撃に当たった。終戦直前の7月28日、港に停泊していた海防艦に物資を運び込んだ時に米機の爆撃を受け、海に飛び込んで九死に一生を得た。

「8月15日に由良湾の海岸に集められ玉音放送を聞きましたが、ラジオの雑音がひどくて、何を話されているのか上官もわらないまま。夜に改めて敗戦を伝えられました」。90歳になった予科練出身者にとって紀伊由良での半年は、今でも忘れられることはできない。

（2019・2・25）

満蒙開拓団の現地訓練所で教えた少年たち

和歌山県御坊市、由良町

2016年夏に和歌山県由良町での「戦争体験と平和への思いを語り継ぐ会」で、終戦直前の由良湾での海防艦爆沈で弟を亡くした兄として話した浜田英雄さん（御坊市名田町野島）。98歳の今も元気で畑仕事をされ、昭和19年から20年にかけて満蒙開拓青少年義勇軍の訓練生たちの教育係を務めたご自身の従軍体験について教えてもらった。

信太山部隊で乗馬姿の浜田英雄さん

大正11年2月、農家の8人きょうだいの長男に生まれた浜田さんは昭和17年8月に徴兵検査を受け甲種合格。翌18年2月には大阪・信太山の陸軍中部第二七部隊に入隊、馬の世話の仕方をたたきこまれた。3月末には酷寒の地の満州・林口（現・黒竜江省牡丹江市林口県）に配備され、新人兵の訓練に当たった。

70人の同期の中で成績の席次7番目だった浜田さんは、19年6月1日、部隊近くにあった満蒙開拓青少年義勇軍の楊木訓練所の教育係として派遣勤務の命令が下った。同期の軍曹、上等兵2人と下士官2人とともに赴任した。訓練生は新潟県出身の16歳前後の少年１６０人で、所長、農業担当者、経理、寮母ら7人が県職員として派遣されていた。

「だまされた、帰りたい」と泣く子を諭す

少年たちは茨城県内原村（現・水戸市内原町）の訓練所で1年間の訓練を受けており、「まず現地での集団生活に慣れること」が目的だった。しかし、まだ声変わりもしていない子供たちで「校長先生にだまされた。帰りたい」と泣く者が多かった。25歳の寮母の鈴木先生が子供たちをなだめる毎日だった。浜田さんも「軍隊なら命令的にやれるが、子供たちにはそうはいかない」と、「けんかせず、みんな仲良く助け合ってここで生活せなあかん」と諭した。少年たちもようやく落ち着き、お盆には広場にやぐらを組んで盆踊りを楽しんだ。声のきれいな少年がいて、演芸会で「カラスの子」「夕焼け小焼け」などの童謡、「誰か故郷を想わざる」「人生の並木路」の古賀メロディーを、まだ黄色い声で歌っていた。

6月は4、5月に続いて種まきで忙しい時期だったが、農耕道具は少なく、草刈り鎌もスキも満足するものがなく手作業が主だった。トラクターは1台あったが、部品がないので動かなかった。家畜は牛が花子と呼ぶ1頭だけ、豚が少数いるだけだった。

短い夏にはいろいろな野菜が多く、収穫に追われた。スイカ、トウモロコシ、大豆、ヒマワリ、

ウリ、大根。特に砂糖大根は甘く、生で食べた。冬に備え、食糧の貯蔵方法を教わった。冬場にも暖かい日を選んで、4キロほど離れた所へ行って白樺の木を1人1本、自分に適した重さや長さのものを運んだ。軍から派遣された4人のうち浜田さんだけが農民だったので、農業を教えていた中山正信先生とは意気投合、何事も打ち明けて指導してくれた。

軍事教練については、「銃剣術も射撃も現物がないので、やりませんでした。乗馬も行軍もありません」と浜田さん。軍服を着るのは、月給12円50銭と消耗品の手袋と靴下を受け取りに部隊に行く時だけで、訓練所では作業服姿だった。

突然の帰隊命令、訓練生と別れて宮崎へ

厳しい冬を経た昭和20年3月1日、浜田さんは「すぐ帰隊せよ」との命令を受けた。任期は1年だったのであと3か月の時期だが、命令には従わなくてはならない。生徒を集めて「あと3か月任期が残っているので、必ず帰って来る」と話したが、別れるのが心残りだった。隊に戻って「訓練生の個性もようやく理解できるようになりました。残り3か月復勤させてください」と上官の佐藤准尉に願い出たものの、「行動を共にせよ」と言われた。「この一言が生死の運命の分かれ道となりました」。

3月19日、隊を出発、林口陸軍病院前では若い看護婦たちの涙の見送りを受け、有蓋車にすし詰めにされて林口駅を出発した。どこへ向かうのか知らされないままだった。途中、兵站部から

にぎり飯を支給され4日ほどかけて釜山へ。そこから貨物船に乗せられて着いたのは博多港だった。部隊は鹿児島から沖縄へ向かう予定だったが、船は一隻もなく、宮崎県の小林に向かった。その山中で本土決戦に備えた陣地構築の作業に携わり、終戦の日を迎えた。

残務処理の後、10月15日に復員が認められた。20日に御坊に到着、そこで弟の照男さんが戦死した知らせが待っていた。嘆き悲しむ母とともに遺骨を受け取り、仏壇に安置したのが翌21年4月25日だった。帰郷してからも心から離れないことがあった。訓練所で寝食を共にした新潟県の子供たちや先生たちは、その後どうなったのか。新潟県に手紙で問い合わせたところ、中山先生から同年11月、このような内容の返事が来た。

ソ連参戦、訓練生は決死の逃避行

「兵隊さんが引き揚げたのは3月1日、野菜の種まきの時期でしたが、帰りたいと泣く者ばかりでした。どうしても慣れない60人は私が新潟へ連れて帰りました。そして、2人の先生が召集され所長も入院しました。寮母の鈴木先生は陸軍病院の歯科医の先生と結婚されましたが、夫は関東軍引揚げの穴埋めのため現地召集され、幼子と留守番でした」。

「8月になると食料もなくなり、身体の大きい力のある訓練生10人を連れて牡丹江へ行きました。8月9日にソ連参戦。ソ連の飛行機部隊が来襲し、すさまじい機銃掃射を浴びせました。林口へ戻る鉄道も破壊され、『日本が負けた』との情報も。訓練所に残した生徒も気になりましたが、逃げるより方法がありませんでした。『朝鮮まで行けば命が助かる』と昼はトウモロコシ畑に隠れ、夜に歩き続けました。着のみ着のまま、命だけ持って新潟に帰り着きました」。

手紙は中山先生の勤務地、新潟県農業会畑江開拓事務所から出されていた。満州からの引揚者は笹神村（現・阿賀野川市）の山地の畑江で新たな開拓に取り組んでいた。浜田さんは中山先生と会いたい気持ちが募ったものの、当時は食糧難のうえ汽車の切符の入手も難しくて実現できず、3年間文通を行った。便りの中から所長は奉天で死亡、農業担当の先生２人は召集され行方不明になったとわかった。訓練生のうち、気さくでかわいく、浜田さんら部隊員の部屋によく遊びに来ていた少年は無事帰郷していた。

中山さんからの便りにはいつも「一度来て話してください」と書かれていた。だが、昭和60年になって、漁業協同組合の役員になっていた浜田さんが新潟新港見学で新潟県を訪れた時には、すでに40年が過ぎて連絡が取れず、再会はかなわなかった。訓練所では先生たちに写真を多く撮ってもらったが、移動時に焼却せざるをえなかった。

帰郷した浜田さんは、農業に加えアワビ漁にも取り組んだ。地域では消防団員として水害や山火事の現場で先頭に立った。今なお午前中は畑に出て季節季節の野菜の世話に余念のない毎日だ。しかし、浜田さんにとって、酷寒の訓練所で８か月間を共にし、心ならずも別れなければならなかった満蒙開拓青少年義勇軍の子供たちは今も忘れることができない。

（2020年2月19日）

由良湾の海防艦爆撃、戦死者の兄として

和歌山県御坊市の浜田英雄さんから話を聞くきっかけになったのは　２０１６年６月、隣の由良町で開かれた「戦争体験と平和への思いを語り継ぐ会」（九条の会ゆら主催）だった。終戦直前の昭和20年７月に由良湾に停泊していた海防艦が米機の猛爆を受け沈没する情況を米機のガンカメラがとらえた映像の後、犠牲となった海防艦乗組員の兄で94歳の浜田英雄さんが、会場から発言した。

満州、九州で２年半の軍務に従い、昭和20年10月に帰郷した浜田さんを待っていたのは、由良湾に停泊していた海防艦に乗り組んでいた弟の照男さんが米機の爆撃で戦死した悲しいできごとだった。

海防艦第30号は昭和20年５月に由良に配備され、紀伊水道から潮岬沖にかけての船の防備に当たっていた。由良湾に停泊していた７月12日、米軍のＰ51戦闘機８機の攻撃を受け12人が死亡、続いて28日には艦載機グラマン４機の攻撃を受けて炎上、沈没。83人が戦死した。本土決戦の最前線・由良でも、最も大きな犠牲を出した戦闘だった。

浜田さんが後に聞いた話では、知らせを受けた母のイクエさん（当時45歳）が遺体の積まれた倉庫に遠路かけつけたものの、歩哨が立っていて会わせてもらえなかった。「顔を見せられる状態ではない」と石灰をかけられた遺体47、８体が大八車に積まれて興国寺の下に運ばれ、まわり

からかき集めた土をかけて埋められた。「火葬にすれば煙が出て機銃の的になるため、土葬にすることにし、夜暗くなって一般の人の協力で遠い寺まで運んだそうです」。

ここでも、「もう一度顔を見たい」という母の願いはかなわず、傍らに線香を立てるしかなかった。終戦となり10月に復員した浜田さんは、「遺骨を掘り出そう」という母や親戚の人たちと4人で興国寺に赴いた。しかし、墓標がすきまなく立っていて、掘ることができなかった。住職が来て「遺骨はすべて白木の箱に収めてお渡ししますので、きょうは帰ってください」と言われた。

翌21年の4月25日、田辺市の海蔵寺で合同慰霊祭が行われた後、白木に入った照男さんのお骨を受け取ることができた。「弟は280日ぶりに身内の待つ仏壇に安置されました。行年20歳。常日頃気丈で、私たちには厳しい母でしたが、仏前でいつまでも涙を流し、夕飯を食べに来ようともしませんでした」。

水兵姿の浜田照男さん

子供のころから足が速くて運動会ではいつでも一番だったという照男さん。後にイクエさんが話したところでは、照男さんは亡くなる10日前、外泊許可を受けて家に帰ってきた。翌日艦に戻る時、母は日高川にかかる天田橋まで見送りに行き、姿が見えなくなるまで手を振ったという。

戦後の時が進み、昭和28年4月になって海防艦が13人

紀伊防備隊鎮魂碑（左）と海防艦戦死者供養塔

の遺体とともに引き揚げられた。十三回忌になる昭和32年7月、沈没した湾を望む山裾に海防艦戦死者供養塔が建立された。そして、戦死者の慰霊に毎年集まっていた海防艦の生存者を中心に浄財が集められて紀伊防備隊鎮魂碑が建立され、昭和57年9月18日に除幕式が行われた。晴天のこの日の朝、自衛艦に乗り込んだ浜田さんら遺族は日ノ御埼沖で花束を投下した。帰港後に行われた式典に浜田さんは母と妹と参列、遺族代表として碑を除幕した。

「お父ちゃん、行かないで」しがみつく娘残し戦地へ

浜田さんはさらに、「出征すれば一家が食べていけない」事情だった隣の家にも容赦なく来た「赤紙」＝召集令状＝の実態も証言した。太平洋戦争開戦後の昭和17年だったか、「お父ちゃん、行かないで」と大泣きしてしがみつく3歳の女の子。「生き地獄とはこのことかいな」とつぶやきながら父は娘を抱き上げ、頭をなでながら、近所の人に「がんぜない子供を残していきますが、どうぞよろしくお願いします」と懇願して出征していった。まわりからは、「万歳」でなく「心

配すんな」の声があちらからも、こちらからも上がった。
「優しい人でしたが、終戦3か月前の昭和20年5月3日、中支・武昌（現・武漢市）の第28兵站病院で病死されました。食糧事情が悪く伝染病が広がっていたそうです。私には召集され出征した場面が脳裏に焼き付いていて、話をする時まず思い浮かべました」と浜田さんはしみじみと語った。

浜田さんは海防艦の映像を見に来場、開会前に会の運営者と話していたところ「当時のことをご存じなら、少しでも教えてください」と急きょ頼まれた。「話し下手でも、弟の供養になれば」と心に決めてマイクを手にした浜田さん。「戦争は絶対にしたらあかんと今でもつくづく思います」と会場で力を込めた。

（2016・6・18）

戦争体験を語り継ぐ浜田さん

満蒙開拓の夢消え、多くの訓練生帰れず

水戸市内原町

天皇陛下が伊勢神宮で退位の報告をされた平成31年4月18日、水戸市内原町の「渡満《とまん》道路」の桜並木では、百本を超すソメイヨシノが花吹雪を舞わせていた。渡満という言葉は今では使われないが、満州（中国東北部）に渡ること。昭和13年にできた「満蒙開拓青少年義勇軍内原訓練所」で農事や軍事の基礎訓練を修了した16～19歳の若者が、満州での3年間の実習と営農に向かうため、訓練所正門を出て国鉄常磐線内原駅まで行進したので渡満道路と呼ばれた。

私は逆方向にＪＲ内原駅から訓練所跡まで１・５キロを歩いた。幹線道路を東に折れた先から訓練所正門跡まで８００ｍほどの道の両側に等間隔で桜が並んでいる。昭和16年に訓練生の父親の寄贈で植えられた木が平成になって弱ってきたため、訓練所出身者の寄金で平成5年と7年に計70本を補植したそうだ。おかげで桜並木は平成が終わりを迎えても保たれ、水戸市の花見どころとして親しまれている。この日も、舞い落ちる花びらを追う幼子もいた。

青少年義勇軍 内原訓練所跡

36・７haの広大な訓練所は戦後解体され、一部に病院や中学校が建てられた。15年前に病院が移

転して工場、住宅地、福祉施設に替わっている。正門から南の訓練所内の道路沿いにも桜並木が続いている。正門近くの一角だけが内原訓練所跡を示す場所として保たれ、大きな記念碑が建てられている。

「まず事実伝えよう」出身者からゆかりの品

７００ｍ北には平成15年に内原郷土史義勇軍資料館が開館。義勇軍で使った農具や服装、腕章、教本、修了証書などの現物資料を展示。「古ノ武士ニ負ルナ」に始まる26項目の心得や綱領を掲げている。特に満州での実地訓練を記録し「われらは義勇軍」の歌を流す映像は貴重な史料で、トラクターを使った大規模営農の模様が映し出されている。「大陸日本　築け若人　満蒙開拓青少年義勇軍募集」と呼びかけた斬新なデザインのポスターもある。宣伝には当時最高の手段を駆使して行っていたようで、農家の次三男の多くが夢を抱いて応募したことがうかがえる。

開館したころは義勇軍出身者が体験に基づいたボランティアガイドをしていたが、亡くなったり高齢になって通えなくなった。それに替わる体験記の中で特に目を引いたのは、横浜市在住の成田富男さん（89）が手作りでまとめた紙芝居。義勇軍への入隊、訓練、渡満、ソ連参戦による応召、3年間のシベリア抑留、舞鶴への帰還が生き生きした絵と文章で描かれていた。

同館の資料によると、終戦までの8年間に渡満した訓練生は8万6530人。宣伝とはうらはらに営農もそこそこに現地召集された人が多く、ソ連軍との戦闘やシベリア抑留で戦後も帰郷できなかった人が2万人以上と記されている。家族を連れた開拓団も含めて、「五族協和」「他民族ヲ敬セヨ」の理念と違う現地の人からの実質的な土地収奪もあって開拓民の帰還は困難を極め、残留孤児問題が今も続いていることは史実のとおりだ。

一方、義勇軍の地域や国内での貢献面について触れている。昭和18年から義勇軍幹部訓練所農場など3か所で育てたサツマイモの優良苗が戦後の食糧危機回避に役立ったこと、昭和15～18年に農業増産報国推進隊として全国から集めた計5万4千人に短期集中訓練を行ったことが、終戦後に生きた――など、あまり知られていない側面が説明されている。

館内の展示物は、訓練所OBでつくる「満蒙開拓青少年義勇軍訓練所史跡」保存会が全国に呼び掛けて集めたもの。資料館も、保存会を中心とした要望が当時の内原町を動かして実現した。桜並木の復活運動も建設の機運を盛り上げた。義勇軍については、負の歴史としての見方の一方、「ソ連の侵攻で大きな犠牲は出したが、目的は正しかった」とする考え方をとる関係者もいる。同館は「まず事実を正確に伝えることが目的」として設立されたという。義勇軍への志願者が多かった長野県などから訓練所出身者の家族らが来館する。

犠牲となった寮母さんの供養に聖観音

内原駅から訓練所跡に向かう幹線道沿い、山門付近に芝桜の花が広がり、境内のしだれ柳が目を引くお寺があった。真言宗智山派の地蔵院。桜の樹下には義勇軍の出身者が建てた「満蒙開拓

寮母さんの供養に建立された
聖観音像

殉職者之碑」がある。毎月18日は農耕馬を守る馬頭観音の開帳日、住職の伊澤照賢さんが準備に合わせてこの碑やかたわらの聖観音像に花をたむけていた。聖観音像は、満州の訓練地で若い訓練生の母親がわりとなって世話していた寮母さんで、ソ連侵攻後の状況で亡くなった20人を超す女性の供養に建立された。戦後、遺骨で帰国した隊員の中でも35柱は出身地がわからず地蔵院に安置され、その後の調査でも15柱が不明のままだ。

伊澤住職は「10年ほど前には、拓友会の慰霊祭が春のお彼岸に開かれ、全国から出身者の方が集まっていました。中隊ごとの慰霊祭もあり、その後に懇親会を持たれていました」。しかし、最近は亡くなったり、高齢で遠出できなかったりという事情から慰霊祭は途絶えている。「それでも遠方から来られる家族の方がいます。訓練所に一番近くご縁のあった寺として供養を続けていきます」と語られた。

（2019・4・18）

渡満直後にソ連参戦、シベリア抑留…紙芝居で伝える

満蒙開拓青少年義勇軍資料館で見た紙芝居を作者の成田富男さんがどんな気持ちで描いたのか、ぜひ知りたくなった。成田さんが横浜市港北区で活動してきたことを知り翌5月に訪問、紙芝居の原画・原文を見せてもらいながらお話を聞いた。

成田さんは昭和4年12月、兵庫県北部・但馬地方の三方村（現・豊岡市）に9人きょうだいの次男として生まれた。国民学校高等科に進み、予科練を志願したが、まず身体測定を受けた時点で「身長が足らない」と落とされた。むらに海外航路の船員OBがいてそのかっこよさに惹かれたが、船酔いの不安がぬぐえず断念した。農業を行おうとしても次男には土地がなく、満州に視察に行った隣の学校の校長の話を聞いて、「同じ農業をやるなら広い満州で」と卒業した昭和19年3月、14歳で満蒙開拓青少年義勇軍に入隊した。

訓練所でホームシックにかかって体調を崩し、帰郷を許されて回復したが、父親の命令ですぐ戻らされた。

戦争の惨劇を紙芝居で伝える成田富男さん。
遺体が放置された平地を移動する場面

成田さんの兄も徴用に出ていたが、近所では息子2人が徴兵されてともに戦死している家も多く、「義勇軍から帰ったまま家に置くわけにはいかない」と言われた。博多から釜山に木造漁船で渡ったのは昭和20年5月。当初下関から乗る予定だった船は、米潜水艦の魚雷で沈められていた。

満州に着いて営農実習を始めたものの、8月9日にはソ連が参戦、ただちに応戦に向かった。成田さんが配属された部隊の丘の陣地はソ連軍が無視して通り過ぎ、三八銃を一発も撃たずに終戦を迎えた。しかし、ソ連軍に武装解除され北へ移動させられる途中、ソ連軍の侵攻に平地で応戦した部隊が、機甲化軍団に押しつぶされ、遺体がそのまま3キロにわたり放置されている光景を見た。成田さんらは先へ追い立てられ埋葬もかなわず、「南無阿弥陀仏」と唱えて通り過ぎるしかなかった。

捕虜となった成田さんはシベリアに抑留されて森林伐採などの強制労働につかされ、仲間の死に直面したが、生き延びて3年後に帰ることができた。

苦闘の経験、帰国後の商売に生きる

過酷な体験をしながら復員できたのには、幸運をつかむ力と、大事な時に良い人と出逢えたことがあった。青少年義勇軍隊員を一人ずつ50人の部隊に割り振る構成だったので、最年少だった成田さんはシベリアでの作業に耐えることができた。極寒の朝の沼地での水汲み作業で凍傷にかかった時、先輩が必死に足を揉んで助けてくれた。抑留も、シベリアからウラルに移ってからは気候や労働条件が良くなり、事務所の清掃を買って出てロシア語を覚えると、富男にちなみ「トーリャ」という名前もつけてもらった。

辛いこと、苦しいことが多かった大陸での5年間だったが、「危機を勝ち抜く」「何事も楽観的に考え行動できる」といった自信を土産に帰国できたことが、その後の人生で生きた。

昭和23年に帰郷。郷里の先輩が独立して大阪市で始めた真鍮販売店に丁稚奉公することになった。1年半して東京・御徒町に支店が設けられることになり、成田さんは赴任を命じられた。「大阪では注文を取るため走り回っているのに、東京の商売人は店で注文を待っている」と気づいた成田さんは大阪流で顧客を広げた。朝鮮特需の追い風もあって真鍮製品はどんどん売れ、成田さんは東京支店長に抜擢された。

40歳になって成田さんは独立。他業者とかぶらない北関東、静岡県、新潟県を重点に小型トラックで走り回った。チリからの銅輸入が全面ストップしてピンチに立ったことがあったが、必死で探し回るうちに、契約の行き違いで在庫を抱えた業者にぶつかり、切り抜けた。事業は65歳まで全力で行い、二男二女はそれぞれ別の道を選んだため、きれいに店じまいした。

「戦争しない国になった嬉しさ」心に刻み

仕事に追われていた時にも、成田さんが持ち続けていた志があった。「ソ連軍戦車に蹂躙され

ソ連参戦、牛や豚に見送られ応戦へ

た兵士の光景を絵に残しておかなければ……」と帰国した時から思っていた。

仕事から退いた成田さんは、この光景や、母の見送りを受けて義勇軍に戻る場面など10枚を描いた。そして70歳を過ぎて地元の福祉施設の絵画展に出品したところ、見た人からの反響が相次いだ。「もっとあの当時のことを知りたい」という感想が多かった。成田さんは義勇軍入隊から帰国までの場面を紙芝居にして伝えることを決意。画用紙40枚に印象に残る場面を水彩で描いた。絵を1枚描くごとに、読み上げる文を1枚分びっしり書いた。

75歳までに5部を制作、義勇軍資料館のほか、平和祈念展示資料館（東京都新宿区）、舞鶴引揚記念館（京都府舞鶴市）など全国のゆかりの5施設を訪ねて寄贈した。地元の小学校を中心に紙芝居の上演を続け、郷里の小学校や集落の集会所でも里帰り上演を果たした。

12月で90歳を迎えるだけに、足腰が弱って紙芝居の巡回上演はできなくなった。しかし、平和祈念展示資料館での「語り部活動」は今も続け、6月には埼玉県の私立高校のリクエストを受けて話すことになっている。「体力を保つため、毎朝スーパーまで往復し1日5、6千歩を歩くようにしています」。

出発点となった絵を手に成田さんは語る。「ソ連が中立条約を破って攻めてくるとは知らないまま関東軍を送り出し、義勇軍は空っぽの陣地に放り込まれたんです」。また「（ソ連の侵攻がなければ、という人もいるが）開拓といってもブラジルと違って日本が支配し、ただ同然で土地を取り上げてという形では、長くはおられなかったでしょう」。

成田さんには心に刻み続けた19歳の時の思いがある。「日本に帰ってきて一番嬉しかったのは、日本が戦争をしない平和な国になっていたこと。そうでなければ、今度は始めから兵士として戦争に行かなければならなかったのですから」。そして「私の体験を生かし、お話しすることで、恩返しができれば……」。語り続けてきた声は今も力強い。

（2019・5・21）

詩人・竹内浩三の魂が還る朝熊山

三重県伊勢市

伊勢神宮の東側に連なる朝熊山《あさまやま》。標高５５５ｍながら伊勢・志摩の人々には「死者の魂の還る場所」としてあがめられてきた山だ。青葉の５月、ジングウツツジ（神宮躑躅）が満開となっている山道を登り詰めると、頂近くには戦争末期の昭和20年４月、23歳でフィリピンの山中で姿を消した詩人・竹内浩三の墓と「骨のうたう」の詩が刻まれた小さな碑が建てられている。

内宮から山頂に至る古くからの参詣道「宇治岳道《うじたけみち》」をとった。五十鈴川の橋を渡り、神宮司庁舎の北側を東に折れて山の中に入っていく。内宮周辺は朝からお伊勢参りの人々が行き交っているが、この宇治岳道はにぎわいと無縁の静けさだ。しかし、この道は江戸時代に「お伊勢参らば朝熊をかけよ、朝熊かけねば片参り」と唄われていたように、伊勢参りの人には欠かせない登拝道だった。一丁ごとに建てられた里程を示す町石と石仏が、今も登山者を導いてくれる。昭和13年から数年間と戦後の一時期には、乗り合い乗用車が運行していたそうだ。

宇治岳道のジングウツツジ

山道を30分ぐらい登ると、標高２００ｍを超えたあたりから緑の葉の中に赤紫色のジングウツツジの花が見えてきた。

花は直径3～5センチで意外と小ぶりだが、花の色合いも、つややかで大きめの葉の色、形も他のツツジと違った感じでよく目立つ。

神域からの自然林が続く宇治岳道

ジングウツツジは伊勢神宮から朝熊山にかけての森をはじめ、三重県や愛知県の限られた蛇紋岩地帯だけで自生するという。蛇紋岩は土が弱アルカリ性になるため、ツツジでもこの性質に合った種が育つとのことで、朝熊山域でも宇治岳道と、山頂から志摩方面に南に向かう道沿いの狭い範囲に限られるそうだ。朝熊山への登山路は、今では北側の朝熊岳道がメインで下山はこの道を使ったが、こちらではジングウツツジは一株も見当たらなかった。尾根道のすぐ北側を日本最大の断層系・中央構造線が走る。この変成岩の蛇紋岩は、伊勢志摩の海と山の景観を創造した大地の動きがつくり出したもので、ジングウツツジはその伊勢志摩の長い自然の歩みの上に咲いた花といえるだろう。

山道沿いの木ではシロダモ、ヤブツバキなど常緑樹が多く、特に海岸部に見られるウバメガシが目立つ。朝熊岳道の方は杉やヒノキの造林が進んでいるのに対し、宇治岳道は伊勢神宮の神域から続く森を通るだけに自然がよく保たれている。距離は長いが傾斜は緩やかなので、自然や眺望をゆっくり楽しんで登れる。登り口から8・6キロ、2時間半ほどで朝熊峠に着き、朝熊岳道と合流。戦前まで旅館や茶店があった跡の広場からは、伊勢湾を遠望できた。

戦争の時代問いかける小さな詩碑

このあと、八大龍王社の建つ山頂を踏んでから金剛證寺に向かう。現在は臨済宗だが、6世紀に修験僧の暁台が開き、後に空海も登ったといわれ、徳川家康が篤く崇敬した古刹。伊勢神宮とのかかわりも深く、お伊勢参りの民衆も神と仏を合わせて拝もうと登拝してきたのだろう。奥の院に通じる竜宮城のような極楽門をくぐると、高さ5ｍを超える大きな卒塔婆が林立していた。

この奥の院参道脇に建てられているのが竹内浩三の墓と「骨のうたう」の詩が刻まれた小さな碑だ。「骨のうたう」の詩碑の裏面には、「筑波日記」を世に紹介した詩人桑島玄二氏の記した事歴が、姉の松島こうさんの字で刻まれている。昭和17年（１９４２）に日大専門部（現芸術学部映画学科）を繰り上げ卒業して召集され、茨城県の筑波山麓の空挺部隊に配属、フィリピンに送られて20年4月に斬り込み隊員として密林の奥に消えたと紹介し、「故国を離れるに臨んでの詩の一節を刻んだ」としている。

浩三は誕生月の5月が特に好きで、「青空のように　五月のように　みんなが　みんなで　愉快に生きよう」と結ぶ詩「五月のように」を20歳の誕生日に書いている。詩碑のかたわらのドウダンツツジの白い小さな花はすでに散っていたが、青空の下でジングウツツジをはじめさまざまな花が咲き継がれる5月。竹内浩三の魂もこの山に還ってくるのだろうか。

（２００7年5月13日）

成長の舞台だった伊勢志摩の山と海

大正10年（1921）5月12日に宇治山田市（現・伊勢市）の商家に生まれ、映画の道を目指していた浩三。戦死が「名誉」として見られた時代に「兵隊ノシヌルヤアハレ」と書き、それを後世に残した浩三の感覚と強い意思は驚くほかない。詩碑に刻まれたこの作品を4歳年上の姉として受け止め、守り、伝えてきた思いを知りたいと、当時89歳の松島こうさんを津市に訪ねた。

朝熊山の「骨のうたう」の詩碑

幅1m、高さ70cmと小ぶりなこの碑は「ぼくが死んだら豆腐のような白い小さなお墓を建ててほしい」と出征前に話していた浩三の思いを受けてこうさんらが建立、裏面に「昭和五十五年五月」と刻まれているように、浩三の好きだった5月の25日に除幕された。伊勢きっての呉服店を営んでいた姉弟の父善兵衛は金剛證寺への崇敬が篤く、梵鐘を寄贈しており、そうした縁から街中での墓地と別に寺域に竹内家の墓所があったという。しかし、この詩碑を朝熊山上に建てた理由としては、こうした事情や、魂が還る朝熊山への思いに加え、「浩三がとりわけ好きだった朝熊山に」というこうさんの強い意思があった。

昭和9年に宇治山田中学に入学した浩三は、回覧雑誌を作るとともに、山岳部に入った。「運動はからっきしだめでした」とこうさんが思い起こす浩三だったが、競争でなく比較的自分のペースでできる登山を選んだのだろうか。「一時脚気にかかったこともあり、高い山への合宿などには参加しませんでしたが、朝熊山へは何度も登っていました。中学校の宿題で植物や昆虫の採集にも行っていました」。

中学2年の作文「故郷」でも「山といえば朝熊山、海といえば二見……といったように自然に恵まれない土地ではない」と記しているが、昭和19年7月15日に筑波山麓の兵営でつづった「筑波日記」では「ひるから、銃剣術をしていた。汗であった。／ひぐらしがないていた。朝熊山と父のことを、ひぐらしからおもい出す」と書いている。「梵鐘を寄贈した時などに父と一緒に朝熊山に上がっており、父と朝熊山の思い出が重なっていたのかもしれません」とこうさんは話していた。

浩三にとって山とともに伊勢志摩の海も、成長の重要な舞台だったのだろう。中学3年の夏に自ら編んだ「まんがのよろづや　臨時増刊」では三日間の「小浜キャンプ」、六日間の「志摩キ(ヤ)ンプの記」を漫画入りで書いており、「海女と一しょに飯をたき　一しょに飯を食い　話をした」体験や、「海女は心も大きく力も強いとわかった」といった見方などが生き生き描かれている。

伊丹万作監督に傾倒して映画への道を進んでいた浩三だが、「筑波日記」の昭和19年6月19日、浩三は「やりたいことの一つ」として「志摩のナキリの小学校で先生をする。花を植え、音楽を聴き、静かに詩をかき、子供と遊ぶ」と書いている。志摩半島の突端の大王埼波切あたりは浩三が最も好きな海岸の風景だったという。日記ではこの文のあと「消極的な生き方」と続けているのだが「何よりも自由人で、子供が大好きだった浩三にとって、本音では一番やりたいことだったような気がします」というのが、こうさんの見方だった。

こうさんは昭和51年、浩三が戦死したとされるフィリピンのバギオを訪れ、ジャングルと違って日本の山とそう変わらない風景が広がっていることに気づいた。「東京が好きだった浩三ですが、伊勢志摩への思いは強く、フィリピンの山で思い浮かべたのはやはり、伊勢志摩の山の景色ではなかったのかと思っています」。

作品を守り、伝えた姉・松島こうさん

朝熊山上の詩碑の横に「竹内浩三墓」と刻まれた墓石があった。松島こうさんに尋ねると、2005年の12月、伊勢市中心部の一誉坊墓地から詩碑のある朝熊山に移したという。側面には「三ツ星さん」の詩が刻まれている。

「……私のすきなカシオペヤ／私は諸君が大すきだ／いつでも三人きっちりと／ならんですゝむ星さんよ／生きることはたのしいね……」

昭和14年作という時期の違いもあって「骨のうたう」とは随分、印象が違う。なぜ、浩三の墓

弟・浩三を語る松島こうさん

にこの詩が刻まれたのだろうか。

こうさんにうかがうと、この詩は甥の竹内敏之助さんが選んだもの。甥といっても浩三より2歳年上で、幼い時から同じ家で兄弟同様に暮らしたという。「敏之助さんには聞かなかったのですが、今になって思うと、敏之助さんは『三ツ星さん』を私たち3人として見ていたのでしょう。浩三がどう考えて詩にしたのかはわかりませんが……」。

この詩の背後にはもう一人の家族が見える。「浩三は父の影響を受けて星に思いを持っていました。父は夏の夕方には外に出て私たちに星のことを説明してくれていました」とこうさん。浩三が映画の道に進むことには強く反対した父だったが、「決して商売一本ではなかった」という父が詩人・浩三に与えたものは少なくなかったようだ。

浩三の「戦死」には公報に示されているだけで、それを示す遺骨も遺品も墓の下にはない。「浩三が斬り込みで死んだとは思えません。今となっては死んでいるかもしれませんが、戦死ではなくて生き残って、どこかで亡くなったのではと思ってしまいます」とこうさんは話す。

「ほんとに私は生きている」と浩三は「三ツ星さん」の詩の最後を結んでいる。一見平明過ぎるように思っていたこの詩が、墓に刻まれているのがわかったような気がした。

結婚してからも竹内の実家で暮らし子育てをしていたこうさんは、母を11歳、父を17歳で失った浩三をずっと見続けた。宮沢賢治の詩集をくりぬくなどして兵営から届けられた「筑波日記」をはじめ、浩三の作品の多くはこうさんあてに送られ、戦中、戦後と保管してきたものだ。「終戦前の7月に伊勢や津は空襲を受けたのですが、その時には浩三の作品を持って伊勢の実家から松阪に引っ越していたため、燃やさずに残すことができたのはせめてもの幸運でした」とこうさんは振り返っていた。

「浩三の分まで命をもらって生きてきました」というこうさんには9人のひ孫がいる。その1人の手を取りながら「浩三と同じ伊勢の明倫小学校に通っている子は、顔かたちや性格が浩三にそっくりなんですよ」と顔をほころばせた。

（2007・5・16）

宇治橋に寄せる「ながいきをしたい」の叫び

2011年6月、竹内浩三の生誕90年を記念した「うたと朗読のつどい」が開かれ、私は久しぶりに伊勢市を訪れた。93歳になっていた松島こうさんは会場には来ておられなかったが、参加者に向けたこうさんのメッセージと浩三の詩「宇治橋」の朗読が流れた。

五十鈴川にかかる宇治橋は20年ごとの式年遷宮で架け替えられ、三代の夫婦が渡り初めの先頭に立つ。メッセージの中で、こうさんは「浩三がどこかに生きている気がしてなりません。生きていればきっと宇治橋を渡っていたでしょう」と述べ、「ながいきをしたい　いつかくる宇治橋のわたりぞめを　おれたちでやりたい」で始まる「宇治橋」の詩を朗読した。会場に来ていた長女の庄司乃ぶ代さん（72）に尋ねると「母は10日前に自分自身で詩を選んで吹き込みました」といわれた。

「ながいとしつき愛しあった／嫁女ともども／息子夫婦もともども／花のような孫夫婦にいたわられ」と続く。最近では２００９年11月に渡り初め式が行われており、こうさんには、この詩のように宇治橋を渡る浩三の姿が目に浮かんだのだろう。

この詩には「骨のうたう」や「日本が見えない」のように、死を通して時代を見通すような鋭い視点や、たたみかけるようなリズムは一見感じられない。私も4年前にこうさんから送っていただいた詩文集で初めて読んだ時は、伊勢神宮での小春日和の日のような情景が思い浮かび、少し違和感を感じていた。しかし、こうさんの朗読を聞いて読みかえしてみると、兵隊になってほどなく戦地に向かう時に、「花火があがった／さあ、おまえ　わたろう／一歩一歩　この橋を」という温かな将来の家族の姿を通して、「ぜひとも　ながいきをしたい」と結ぶこの詩が、生きることへの強い思いとして響いてきた。

（２０１１・６・12）

太平洋戦争下のカナダを生きた三尾の人々

和歌山県美浜町

紀伊半島の西端から紀伊水道に突き出た日ノ御埼《ひのみさき》。太平洋戦争開戦から70年を迎える２０１１年12月８日の前日、松林が続く煙樹《えんじゅ》ケ浜から海沿いの道を自転車で走ると、明治時代からカナダに移民を送り出し「アメリカ村」と呼ばれてきた三尾（和歌山県美浜町）の集落に入る。村外れからは自転車を押しながら坂を上り、岬の先に着けば、眼下に黒潮の流れる海が広がっていた。

日ノ御埼から東に三尾の集落を望む

　日ノ御埼には車道が通じ、灯台、自衛隊のレーダー施設が建てられ、２０１０年には3枚の巨大な羽が回る風力発電施設もできた。あるがままの自然に浸れる環境ではないが、国民宿舎わきの小道を上がり、「神武東征」の水先案内を務め航海の安全を司るという猿田彦をまつる日ノ御崎神社の前を通って日ノ山山頂（２０１ｍ）まで登ると、センダン、ヤブニッケイなどの照葉樹が現れる。シロダモの木も楕円形の真っ赤な実をつけていた。

　木々の足元をツワブキの花が彩っている。キクの仲間で、落ち着いた色調の黄の花と、名前どおりつやのある丸みを帯びた葉が、晩秋から初冬の時期に合ったしっとりとした雰囲気を感じさせる。京都や奈良のお寺の庭でもよく見かけるが、もともと暖地の海岸に自生する植物。紀の国の青い海、青い空に似合う花でもある。黒潮分流が洗う日ノ御埼はキク科の植物が豊かで、ヤマジノギク、リュウノウギク、キノクニシオギクやアゼトウナを見かけた。

山頂から見る紀州の海の景観は雄大だ。北側に岬と入江が連なる海岸が続き、彼方には白崎の石灰岩の岬が白く細く延びていた。北西には紀淡海峡をはさんで淡路の島影、その向こうには四国の山並みが連なる。

東側を振り返ると三尾の家並みが海沿いにびっしり連なり、背後に山が迫っている。来訪者には最高の眺望だが、浜のない岩場に荒波が打ち寄せる自然環境は村の人々には厳しいものだっただろう。

アメリカ村資料館にカナダから子孫も

日の岬パークに設けられた「アメリカ村カナダ移民資料館」では、海に生きてきた三尾の人々の歩みを暮らしの品々や写真で伝えている。地引網でシラスを獲る煙樹ケ浜に面した村々と違って三尾では沖合いに活路を求めた。江戸時代には房総半島までもイワシ漁に出かけたが、明治になって漁場争いに敗れた三尾の人々の新天地となったのがカナダだった。

カナダ移民の歩みを伝える資料館

１８８８年（明治21年）カナダに渡った工野儀兵衛が、バンクーバーでサケの大群を見て驚き、三尾の人々に渡航を呼びかけてから１２３年。その間の苦闘の歴史の紹介の中でも印象的なのは、１９４１年12月７日（カナダ）の太平洋戦争開戦のもたらした衝撃だ。三尾の出身者を含む日系人２万２千人が強制移住させられ、抵抗した人は二重の鉄条網のある施設に入れられたと書かれている。

背中に日の丸を描いた服を着た収容者の写真があった。「日の丸の収容服を着せられて最初はみんな喜んだが、日の丸は脱走した時の銃撃の標的だった」と写真説明にある。終戦を経て１９８８年にカナダ政府から謝罪と補償を得るまでには大変な苦闘があったことだろう。

来館者のノートを見ると、移民や国際交流の研究者や学生が多く訪れている。老後は三尾に帰っていた昔と違い、戦後は東部に移る人が増え、住む場所もさまざま。カナダに根をおろし、子孫はカナダ人になりきっていく。ノートにも「祖母が三尾からカナダに来た」という人が英文で書いていた。「名前が書かれたトランクに感動しました。資料を集め、運営してきた館長さんらの尽力に感謝します」としながら「カナダに対する三尾の人々の貢献を広く知ってもらうために、展示の英文表記を充実してほしい」と書かれていた。

同館は1978年、移民を経験した小山茂春さんらの資料を中心に開いたアメリカ村資料館が出発点。現館長の西浜久計《ひさかず》さん（84）が受け継いで改築・改称や展示の充実を進めてきた。しかし、館の運営は難しい局面に立っている。日の岬パークの経営主体が南海電鉄の関連会社から地元企業に変わってからも存続しているが、併設の施設だけにスタッフは置けず、研究グループなどくわしい説明が必要な時には、無給の西浜館長が出向いてきた。

日ノ御埼の坂を下り、三尾の集落に立ち寄った。海と山の間のわずかな平地の路地に沿って家が建ち並ぶ。カナダからの帰郷者が建てたとみられる古い洋風の家は目につくが、資料館の案内が表現していたように「日本全体がアメリカ村となった」現在、「アメリカ」を強く感じさせるものではない。外見の印象は普通の小さな漁村と変わらなくなっている。紀州の他の漁村と同じく人口減が続き、移民の寄付金で改築された三尾小学校も廃校となり、空き家となったまま朽ちている家も見られた。

寂しい気持ちがしたが、嬉しいこともあった。太平洋戦争をはさんだ8年間カナダで夫と働き、子供2人を育てた小山ユキエさんは、95歳の今もはつらつとして、グラウンドゴルフやペタンクの練習に出かけていた。転出の一方、三尾には大阪などから海好きな人が移住してきているが、小山さんは昨秋、こうした新住民のグループが開いた「アメリカ村学習会」に招かれ、カナダでの経験を話した。

カナダ人になりきった三尾出身者の子孫にも、新たに三尾の村人になる人にも、自らの力と協力で困難を克服し、道を切り開いていった先人の精神は伝わっていくだろう。

強制移動、漁あきらめ内陸部で製材所に

三尾の人々がカナダと日本にまたがって戦中戦後をどう生きぬいてきたのか。カナダで１９４1年12月7日に太平洋戦争開戦のニュースを聞き、終戦まで強制移動先の内陸部で過ごした小山ユキエさんに尋ねた。

カナダで生まれた小山さんは2歳の時に三尾に戻って育ち、22歳で三尾出身の左平二さんと結婚、2か月後の昭和13年（１９３８）5月にカナダに再び渡った。すでに日本人のカナダへの渡航は難しくなっており、左平二さんが市民権を持っていたため可能だったという。

一家は三尾の人が集まっていた西海岸のスティブストンに住んだが、3月から10月までは夫が単身でサケの漁場に出かけ、小山さんも缶詰工場やイチゴ農園などで働いた。「三尾出身の人の中で、ふだんは三尾のことばで生活していたので寂しいとは感じませんでした。日本からの船を見たときには、これに乗れば日本に帰れるのかと思ったことはありましたが……」。

2人の子に恵まれた小山さんにとって、12月7日（カナダ時間）の「パール・ハーバー攻撃」のラジオニュースはただ驚きだった。「毎日の暮らしに追われていて、日本とアメリカやイギリスとの間が険悪になっているということはあまり知りませんでした。カナダにいてもみな日本人という気持ちが強かったので、開戦当初日本が勝っていったのを喜んでいました」。

日本の快進撃が続いていた1942年2月、日系人に対し海岸から100マイル以遠への移動命令が出た。小山さん一家は収容所に入らず、また東部までは行かず内陸部のミントに移ることにした。収容所と違って普通の家に住めたが、仕事は漁業ができなくなり、白人の経営する製材所で働くことになった。

「戦争はそう長引かずに終わると思っていたので、わずかなものしか持って出ず、アルバムなどの思い出の品はなくなってしまいました。3歳の長女と7か月の長男を抱えて不安がなかったわけではありませんが、今は行くしかないという気持ちでした」。

こうした時も三尾の絆が続いていたことが心強かった。「ミントでも2、30の家族が一緒だったので、自分たちで幼稚園のようなものを開いたりして助け合いました。生活には困らず、日本人だからといって嫌がらせを受けることもありませんでした。1945年になってカナダに残るか日本に帰るかを選ばされた時も、残る方を選びました」。

どんな時も「ここでやっていくしかない」

そして終戦。元のスティブストンには戻れず、別の町で引き続き製材の仕事に従事した小山さん一家だったが、三尾の夫の家からのたっての願いで1946年末に最後の帰還船で帰国した。以来、家族の世話をしながら田畑を耕してきた小山さんはカナダに再び渡ることはなかったが、長男は中学卒業後に伯母を頼ってカナダに行き、東部のトロントで会社員になった。息子が最初

三尾小跡グラウンドに向かう小山ユキエさん

に白人の女性と結婚した時は「手紙を取り落とすほどに落胆した」小山さんだが、後に2人の孫を三尾に1年半引き取り幼稚園に通わせた。

1988年にカナダ政府は日系人の強制移動に対する公式謝罪と補償を行った。「長い間折衝してきた方々の努力のおかげです。カナダ政府が過去の誤りときちんと認めたことは良かったと思っています」。

小山さんが再びカナダの地を踏んだのは1997年。スティブストンの家は面影もなかったが、自動車関連企業の経営者として成功している孫とも再会できた。今は退職した長男は、この10月にも三尾に3週間ほど滞在し、ふだんも電話するので「カナダを遠いと思ったことはありません」。

カナダに残った三尾出身の人々とは、世代が替わっていくにつれてつながりは薄くなってくる。「寂しい気持ちもありますが、これも時代の流れ」と話す小山さん。「日本でもカナダでもいろいろなことがありましたが、どんな時も、ここでやっていくしかないと思って懸命に働いてきました」と歳月を振り返った。

バンクーバーで切り開いた美容師の道

戦後太平洋を渡って新しいカナダでの道を開いていった吉田栄子さん（85）。ヘアスタイルも若々しい吉田さんはネーティブ・イングリッシュをまじえ、バンクーバーで美容師として働いていた時の話をたっぷり聞かせてくれた。

吉田さんは三尾の出身でなく和歌山市生まれ。終戦後、アメリカ文化がどっと入ってくる中で海外へのあこがれが強まり、知人の仲立ちでカナダから帰国していた三尾の男性と１９４８年に見合い結婚した。

すぐにでもカナダに向かいたかったが、当時は厳しい渡航制限があった。８年たち最後の北米航路の客船「氷川丸」に乗りハワイ、シアトルを経てバンクーバーに着いた。さっそく食料品スーパーで働き出して缶詰などを売った。ダディー（夫）は戦前から漁業に従事していたが、これでは半年間別居しなければならないと庭師に転職した。

１９６３年に一度３週間帰国し、再びカナダに渡った吉田さんは37歳で「美容師になりたい」という長年の夢の実現へ動き出した。「年齢としては遅かったけ

誰ともフレンドリー吉田栄子さん

ど、小さい時から頭をいらうのが好きでした。美容学校で懸命に勉強したので、人より早く半年でパスしました」。3年間店員として勤めた後、バンクーバーのメインストリートに店を出した。できるだけ広いカナダ社会の中に入っていこうと思っていた吉田さんは日系人の集まる街でなく、白人の中に混じって住んだ。5人の従業員も日系に限らないカナダ人を雇い、毎週決まった曜日に訪れる常連客もできて繁盛した。

「カナダの美容師学校の先生は、言葉がわかりにくい私に何度もわかるように話してくれました。男の人は本当のジェントルマンでしたね。私の方も、どうすればお客さんに喜んでもらえるか考えるようになり、『ハイ！　エイコ』と遠慮なく店に入ってきてもらえるようになりました」。

夫のぜんそくが悪化したことから、吉田さんは1977年に店を譲り三尾に戻った。情熱を注いだのはカナダ時代に習った詩吟。「舞踊を含め日本文化の伝統を集めた詩吟を、日本に来ている外国人に広げることができれば嬉しい」と日本国風流詩吟吟舞会の総伝師範・吉田國廳として指導してきた。

バンクーバーでしっかり働いたおかげで、今はカナダからも年金を受給して生活。週3回ヘルパーが訪問するが、髪は自分でセットし、ヘルパーさんの髪型にもアドバイスする。「店に来るお客さんはデパートの店員や事務所勤めの人が多かったのですが、お客さん同士もフレンドになり、とても楽しかったです」。ところは変わっても、いつも前に向かって歩いてきた吉田さん。カナダ仕込みか、身振り手振りをまじえた話には、聞いている方も、フレンドリーな気持ちになる。

（2011・12・7）

参政権めざし、第一次大戦で義勇兵に

現在（2020年7月）休館中の「アメリカ村・カナダ移民資料館」をかつて訪れた時、忘れられない若者の展示写真があった。出征前に撮ったとみられる軍装姿、決意を秘めたようなきりっとした顔立ちで、三尾出身の尾浦熊吉と書かれていた。

この写真を見たのは同館が「アメリカ村資料館」という名称だった2003年12月。説明によると、尾浦熊吉さんは百年以上前の第一次世界大戦（1914〜18）でカナダが連合国の一員として参戦した時に、日系人の中から志願した義勇兵だった。大戦前から繰り返し選挙権を求めながら裁判でも負けた日系人社会が、「カナダに対する忠誠の証をたてることが残されたただ一つの道」として選んだ行動だった。日本人会の呼びかけで196人が応召し、尾浦さんを含む54人が戦死したという。

戦死した義勇兵 尾浦熊吉さん
（尾浦浩巳さん提供）

写真提供者として書かれていたのは当時、美浜町文化財保護審会長だった尾浦浩巳さん（77）。三尾に訪ねると、ご自身はカナダで暮らしたことはないが、父の巳之助さんが妻子を三尾に残してカナダに近い米国のシアトルに長年赴き、ホテルの料理人をしていたとのことだった。尾浦さんにとって、熊吉さんは父の弟に当たる叔父。大戦が終結

する直前の1918年9月、伍長としてフランスの西部戦線でドイツ軍と戦い、機関銃で撃たれて翌月に26歳で亡くなったという。

尾浦さん方に残されていた熊吉さんの元の写真と、カナダ政府から授与されたメダルを見せてもらった。メダルには「自由と名誉のために死す」という文字が刻まれている。1995年にカナダを訪れた尾浦さんは、バンクーバーの公園に立つ慰霊碑に叔父の名前が刻まれていることを確かめた。

現実には第一次大戦後に選挙権が与えられたのは義勇兵だけで、日系人が参政権を得たのは第二次大戦後の1949年になってからだった。「叔父たちの願いはすぐには実らなかったが、こうした先人の苦闘が積み重なって、参政権をはじめカナダでの日系人の今があると思います。人々の歩みを風化させずに伝えるとともに、三尾がカナダとの新しい交流の拠点になればと願っています」と尾浦さんは話していた。

◆

「日の岬パーク」の閉鎖に伴い、「アメリカ村カナダ移民資料館」は2015年から休館。館長だった西浜さんも翌年亡くなられ、館の貴重な資料が十分公開・活用されない状態になっている（研究や調査で見学を希望する場合は、事前に美浜町教委に申し出とのこと）。

一方、2018年に三尾地区の住民を中心にNPO法人「日ノ岬・アメリカ村」が発足、三尾の洋風民家を生かした「カナダミュージアム」を公開するなど、新たな動きも起こっている。

（2020・6・10、2003・12・7）

Ⅱ　この土地に立つ

古座川伝統の小鷹網漁で落ちアユを獲る川釣り名人の田上實さん。
鷹が舞う姿のように網を投げる（2015 年 10 月 10 日）

一枚岩仰ぐ里、古座川の流れは絶えず

和歌山県古座川町

10月の古座川は落ちアユの季節を迎え、川沿いの断崖を希少種のキイジョウロウホトトギスの花が駆け上がっている。巨大な一枚岩を見上げる洞尾《うつお》の集落では、「川釣り名人」の田上實《たのうえみのる》さん(86)が、古座川に伝わる小鷹網漁で産卵のため海に下るアユを獲っている。

10日、古座駅前で電動アシスト自転車を借りて古座街道を上流に向けて走った。奇勝の牡丹岩、9月にリバーダイビングで潜った直見《ぬくみ》、一雨《いちぶり》を過ぎて1時間少し、一枚岩を仰ぎ見て洞尾の集落に入った。3年ぶりに田上さん方を訪ね、アユをはじめ古座川に棲む魚の今昔をうかがった。

海で卵からかえり、プランクトンを食べて育った幼魚が古座川を遡上を始めるのが2月末から3月はじめ。七川ダムの手前まで遡上し、岩についたコケを食べる。縄張りをつくる習性から6月から9月末までの釣りは主に友釣りとなる。

ダムで水量減少、遡上アユ少なく小さく

以前は古座川のアユはすべて海と川を上り下りしていた。しかし、昔に比べるとまず海で孵化して遡上するアユがぐんと減った。「山から川を伝って流れ込む腐葉土があってプランクトンが増えて稚魚が成長するが、人工造林で腐葉土が減ったので稚魚があまり成長できないのでは……」

と田上さんはみている。

こうしたことから、古座川本流の内水面を受け持つ古座川漁協でも琵琶湖から持ってきたアユを放流している。昔は古座川流域最奥の集落の松根までアユが遡上していたが、１９５６年に七川ダムができてからは越えられないので、ダムより上流域はすべて放流アユだ。

遡上してきたアユにとっても「古座川は住みよい川ではなくなってしまいました。昔はどこにでもいたアユが瀬にしかいません」と田上さんは語る。七川ダムができて泥や砂がたまり、水量も少なくなって押し流されにくくなった。「昔は山から引いた水だけでなく、川の水をすくって飲むほどきれいでした。流れがずっと速く水量も多く、このあたりでも川を渡れませんでした」。流れが緩やかになると酸素の入りが悪くなり、アユが食べる石に付いたコケや藻類の成育も悪くなる。数だけでなく個体としても小さくなった。

落ちアユ狙い、笹立て小鷹網漁

群れで下る落ちアユは夏のアユ釣りとは違う網漁の対象。田上さんが今も行っているのは、小鷹網漁だ。アユが多く下って来るのは雨が上がった日の朝か夕方。訪れたのは好天が続いた日の昼前といい条件ではなかったが、「それでは漁場に行きましょう」と連れて行ってもらった。漁のスタイルに着替えるとずっと若返って見える。

漁場は、洞尾橋から一枚岩に向かって３００ｍほど下った「犬鳴の瀬」。50～60ｍの幅の川を

小鷹網からアユを外す田上さん

横切って笹が50cm間隔で百本以上立てられている。これが笹立てだ。「アユの群れを捕えやすいように、流れが速すぎない深すぎない場所に立てます。笹はあんまり太くないもの、近くでこれだけの笹は用意できないので、漁を一緒にやっている仲間に持ってきてもらっています」。

笹立ては、警戒心の強いアユの習性を考えたもの。下る途中、前に障害物があると警戒して戻り、その間を通り抜けることはない。田上さんによると一度戻ってまた進み、笹立てを見てまた戻る。ただ3回目に進むときは、笹立てがあっても引き返さず、間を通り過ぎる。そのため、アユが慣れて通り抜ける前に捕まえるタイミングが求められるのだ。

瀬まで下りると田上さんは小鷹網という投げ網を広げた。今はナイロン製で、粗い目と細かい目の網が重なっていて、粗い目を通って進んだアユが細かい目で行き詰まって補足される仕掛けになっている。下の端にはおもりが連なっていて、網が川底までカバーするようになっている。

田上さんは川の中に入って合図をして、網を空中に放った。網は空中を一瞬舞って着水した。網を引き揚げる田上さん。今回は気象条件から投げ方を見せてもらうくらいのつもりだったが、網を広げると一尾ながらアユがかかっていた。

この小鷹網は誰でも投げられるというものではない。まず資源保護のため組合員のうち鑑札を受けた人に限られる。投げ方には熟練の技がいり、「力が入りすぎると、網と川底の間にすきまができてアユがその間から逃げてしまう」そうだ。小鷹網の名は空中で広がる網が鷹の舞う姿のように見えることから名づけられたもの。「きれいな形に投げれば、それだけアユを群れごと囲むことができるんです」。

網を投げるには力がいることから、田上さんは20歳過ぎから父や先輩を見習って続けてきた。「去年は体調を崩して小鷹漁ができなかったので、うまく投げられない」と謙遜するが、高齢化が進む古座川でも数少なくなってきた小鷹網の使い手だ。一度に30匹くらいかかることもあり、一日で10回は網を投げる。

投げる前にアユの群れの見つけ方も大切。下りアユは長さ20mほどの列をつくることもあり、川面から飛び上がることもある。群れの動きがよく見えるように笹を立てた場所の近くには白い石が並べられている。笹立ての仕方、漁を行う時の選択から始まって小鷹漁には総合力が要求される。

落ちアユを捕える方法はいろいろあり、古座川では火振り漁がよく行われてきた。舟に乗って火をつけた棒や布を振ってアユを網に追い込む。田上さんも以前は火振り漁を行っていたが、舟が必要で網も大がかりなものがいるので今はやっておらず舟も手放した。月ヶ瀬など下の集落の10人ほどは今も行っている。洞尾の笹立ての場所に落ちアユが多く集まるので、ここまで車で舟を運んで火振り漁をする人もいる。

漁獲減っても「漁は人生の楽しみ」

古座川で人とかかわりが深いのはアユだけではない。やはり川と海を行き来するウナギの漁はよく行われていた。小学生の時、学校から帰ってきた田上少年はかばんを放り投げ、川へ下りてハゼの仲間のヨシノボリを探すと、一か所で30尾くらいとれた。ハゼ類を食べることはなく、これを餌として竹で編んだ筒の「モドリ」に入れ、朝見に行くとカワウナギが捕れていた。

以前、自宅横に置いていた水槽で、仕掛けを見せてもらったことがある。モドリは割いた竹を細長い籠のように編んで作った。カワエビなどの餌にひかれてウナギが中に入ると戻れない仕掛けになっている。ただ、大型のウナギは重りの石に縄（現在は細いロープ）をくって針をつけた縄延《なわはえ》で捕る。

このウナギも七川ダムの影響を受けた。ダムの底の泥が下流に流れて広がり、ウナギの潜む岩のすきまを埋めてしまうとともに、餌になるハゼも生息や産卵場所が奪われたことで減少した。「昔は一晩でウナギを2キロ、大型にすると8尾ほどは獲れたのに、今では一年を通しても10キロ程度。釣りは、趣味としてやっていて釣った魚は知り合いに分けていますが、これくらいの漁では生業としては成り立ちません」と話す。趣味でするにしても、ウナギ漁も餌のハゼを探すのに時間がかかるようになり、田上さんも「餌探しが難儀になってからは、ウナギ漁にあまり行かなくなりました」。

一方、子供のころおやつにしていたテナガエビやモクズガニは泥の中でもよく棲むので、今でも多いという。谷川でミミズなどを食べ「山の掃除屋」と言われるモクズガニは一匹100円で業者が買うなど人気もあった。最近も県外から大量に捕りに来る業者があり、資源を守るために地元で漁業権をとり、一部放流もしている。

古座川の流れの変化とともに漁獲は減り、生計を支える量は得られなくなってきたとはいえ、漁はずっと人生の楽しみだった。「特に小鷹網漁はやっていて面白いし、そうたいそうなものではないので、これからも続けます」と語った。秋が深まると、古座川の空にアユを狙う小鷹が舞うだろう。

古座川最後の筏師、渦巻く難所越え河口へ

田上さんとはじめて出会ったのは、2001年10月、一枚岩付近のキイジョウロウホトトギスを見にきた時だった。次は2003年4月のセッコクと季節ごとの自然に合わせてうかがい、何度か紹介した。その中で話されていた古座川の自然の中で生きてきた人生は魅力的だった。

田上さんは昭和3年、この洞尾の集落に生まれた。父は家で雑貨店を営んでいた。最近まで釣舟を持ち、自在に操っていた田上さんは、10歳のころから父を手伝って長さ30尺（9m）の舟を操って古座川を下った。河口に近い高瀬まで炭を運び、店で売る商品や米を積んで戻った。「下りは4時間くらいで行けましたが上りはきつく5、6時間かかりました。夜明け前に出て、日が

暮れたころ戻る一日仕事でした」と振り返る。一枚岩の裏側には古座街道が通っていたが、険しい箇所も多く、河口の古座の町から車の通る道が通じたのは昭和10年過ぎだった。

戦況が厳しくなる中で、国民学校の高等科を卒業した後、下露の青年学校に通った。学科もあったが、ほとんどが銃剣術や訓練だった。古座川上空は大阪、神戸などへの空襲のルートになっていたので西川に監視所が置かれて、月2回当番で詰めて2泊ぐらいした。敵機を見つけると、すぐ串本の航空隊に電話連絡した。軍事用の電話網は優先的に確保されていた。

戦時中は軍馬の餌に使う草の刈り取り、飛行機燃料の松根油、軍服に使う植物繊維など供出に追われ、山仕事にも影響は避けられなかった。昭和18年に大規模な山火事が起きた。古座川源流の真砂で発生した山火事は「バスが来るより速く」広がって川下に至る流域の山林を1週間焼き、「一枚岩周辺の動植物のほとんどを燃やし尽くした」が、戦争中はその復旧どころではなかった。

竿一本で釣り舟を巧みに操る田上さん〈2003年4月〉

田上さんの1年上の若者までは召集されていた。田上さんは海軍の予科練に志願し串本まで受験にいった。試験の成績や体力は良かったが、肺活量の測定で飛行機乗りとしての量が足りないと2回落とされて断念した。

終戦直後から筏の仕事が本格的に入った。古座川は上流で切り出した木を丸太のまま流したり、筏に組んで運んだりする幹線だった。田上さんも昭和20年代までは筏師として河口まで下った。「一枚岩の先に渦を巻く難所があり、川に落ちて筏の下をくぐったことも何度かあります。危険な分、日当は山仕事より2割方高かったですね」。戦争中は軍需用に回されていたトラックが戦後復興とともに林道に入るようになった。木材輸送のルートも川から陸上に切り替わって、田上さんも20代の若さで筏を下りた。筏を組んで激流を下った腕はその後も錆びず、最近まで持っていた釣り船を竿一本で巧みに操っていた。

戦後復興の需要で林業は活況を呈しており、田上さんは植林の仕事を続けた。昭和28年ごろ、農業共済組合の事務の仕事に誘われ、これは採用試験なしで雇われた。10年ほどすると古座川町役場にうつり、牛の人工授精士の資格をとり牛を飼っている農家をまわった。農耕用はもちろん、子牛を育てて売ると年寄りの小遣い稼ぎになり、三川地区だけでも93頭の牛を飼っていた。

この間、同じ集落で良く知っていた静子さんと結婚した。静子さんは山と川の間の限られた土地で畑を耕し、山道を登って鉄塔工事の作業員に弁当を届けていたこともあったという。古座川流域では養蜂が盛んで、ニホンミツバチの巣箱のゴーラを集落の林でよく見かける。4、5月は古い女王蜂が群れの三分の一を連れて飛び出す分蜂の季節。洞尾の林では、静子さんが木の後ろのゴーラから出てくる蜂を見守っていた。手にした枝で石油缶をたたいて蜂を近くに集まって止まるようにし、新しいゴーラに移すのだ。明るい気性の静子さんは、私のような外からの者も温かく迎え、移住してきた家族も毎日のように静子さんを訪ねて集まっていた。

セッコクやキイジョウロウ…自然保全と紹介に力

私がお目にかかった時は73歳ですでに役場は退職していたが、自然公園管理員として春のセッコクや秋のキイジョウロウホトトギスなど一枚岩周辺の自然の保全と紹介に情熱を傾けていた。

垂直に近い傾斜の一枚岩の断崖に張り付くように咲くセッコクの花は白がほとんどで園芸種に見られる華やかさはないが、人を寄せ付けない岩壁に咲く孤高の姿には飾り気のない気品が感じられる。気温と雨に恵まれた古座川流域の深山はセッコクの格別の生息地なのだろう。園芸用に人気のあるセッコクの野生種は全国的に乱獲され、一枚岩周辺でもロープを使って採った形跡がある。それでも切り立っただけでなく、硬い流紋岩質凝灰岩で、手がかりにする裂け目もない文字通りの一枚岩だからこそ、侵入者の登高を拒み、群生地が保たれてきたのだろう。

一枚岩の断崖に咲く真っ白なセッコクの花

高貴な女官・上臈《じょうろう》にたとえられる上品で鮮やかな黄色の花を咲かせるキイジョウロウホトトギス。

一枚岩仰ぐ里、古座川の流れは絶えず

紀伊半島南部の限られた地域で見られる絶滅危惧種の植物だ。田上さんは自生株の種を集めて自宅で発芽させ庭の石垣で育てて、崖に植え戻すなど保護に努めてきた。その後、古座川町の後押しも得て古座川キイジョウロウホトトギス愛好会を発足。自生地と少し離して育成地を設けたり、新住民に栽培の仕方を指導、一枚岩センターで販売していたこともあった。

田上さんの住む洞尾はかつて30戸あったが、一時は4戸までに減少した。しかし、２００５年から緑の雇用事業や農地を提供する支援制度などで農林業を志す都会からの移住者も入ってきた。「小学校や幼稚園に通う子もいて、『おじいちゃん、おばあちゃん』と寄ってくれるので癒されます」と田上さんは顔をほころばせていた。ゴーラづくりが得意な田上さんは新住民が来ると、ゴーラをプレゼント、これをきっかけにニホンミツバチに取り組むようになった人もいる。

一時陶芸を志す青年が大阪から来て隣に窯を設けて「古座川焼き」に取り組んでいたが、結婚を機に都会に戻るなど新しい住人の定着はなかなか難しい。しかし、昨秋立ち寄ると、アユ釣りに魅せられて大阪から古座川の町営住宅に移り住んだという若者が田上さん方を訪ねてきていた。いつになっても古座川の流れと、流域に生きる人々は、遠くからの人たちも惹き寄せるのだろう。

（２０１５・10・10）

熊野灘と一体、本州最南端の重畳山

和歌山県串本町

本州最南端の町・和歌山県串本町に立つ重畳山《かさねやま》（３０２ｍ）の4月。弘法大師が高野山より前に開いたと伝えられる霊山では、頂から熊野灘に駆け下りるように新緑が広がり、その中を多彩なツツジが染め上げていた。

古座駅から古座川に沿って歩き出した。30分ほどで古田の集落に着き、お地蔵さんのまわりに地元の人が花を植えた登山口から山道に入った。始めは杉やヒノキの植林地の中を通るが、ほどなくコナラやシイなどの自然林にうつり、林床にシダが広がる。西向《にしむかい》から車で来られる道と合流し、南側の眼下に熊野灘が広がってきた。

弘法大師が根本道場の最終候補地に？

このあたりから神王寺《しんのうじ》の寺域となり、参道に88体の石仏が並ぶ。本堂には「熊野曼荼羅第二十八番」と書かれた木札が掲げられている。６年前に西向からの道を上がってきた時、先代の大芝弘道住職に「弘法大師が根本道場を開こうと適地を探しておられた時に、この重畳山に着目されましたが、多くの寺坊を建てるには狭いと断念、高野山を選ばれたといわれています」と説明してもらった。現在の大芝英智住職（42）には後日、「登り口の古田には弘法大師が宿を提供してもらったお礼に、自然に稲が実る『蒔かずの田』の話が伝わるなど、重畳山と弘法大師は強いつながりがあります」と教えてもらった。

橋杭岩にも、「弘法大師が天邪鬼と競って橋をかけたものの天邪鬼にだまされて途中で止めた」という伝説が残っている。この寺の開基も紀州に多いお大師さん伝説の一つかもしれないが、知力・行動力とも日本史上きってのスーパーマンともいえる空海なら不思議でないような気がする。

重畳山山頂手前からの遠望。中央に橋杭岩

本堂のすぐ上には重山《かさねやま》神社の本殿がある。平安時代からは熊野三山の神をまつり、神仏習合で神王寺と並立してきた。石仏の中には漁業者の寄進もある。重畳山は沖合いに出た漁業者にとって格好の目印となり、山名の由来も、山を別の目標物に重ねて自らの船の位置を知る手がかりとなる当て山だったからという。里の農民にとっても、水源となる重畳山は恵みの山だったのだろう。

神王寺から苔むした石の道を通ると、最後の展望広場だ。ここから最高の眺望が得られる。東寄りの古座川河口沖には九龍島、西寄りには大島が横たわり、大島と潮岬を結ぶ「くしもと大橋」のアーチがくっきり見える。侵食された石柱が橋の杭のように並ぶ国天然記念物「橋杭岩」も一つ一つがとらえられる。

緑の中に鮮やかな赤いツツジの花々が枝を包むように咲き誇っていた。近づくと、枝先に3枚の葉がつき、10本の雄しべが伸びている。山に自生するツツジの中でも、四国や紀伊半島に多いオンツツジに違いない。男性的なツツジという意味で「オンツツジ」と名づけられたそうだが、確かにツツジの中では、木の高さも6mほどと高く、花も大きめ。熊野の風土にふさわしい、見ていて元気が出るツツジだ。

広場から急坂を登って山頂に上がった。頂上周辺はスダジイ、ウバメガシ、ヤマモモなどの常緑樹が繁っており、枝越しに北側に連なる熊野の山並みを望む。標高300m少しだが、海岸近くの海抜ほぼ0mのところからスタートするだけに登りがいがある。

展望広場の手前に「伊串《いくし》まで3・3キロ」と書かれた案内板があり、真南の熊野灘に向かって急な山道が下っていた。木の階段の道が樹林の中を突っ切り、海を見下ろしながら照葉樹を見ていく。紀州備長炭の原木に使われるウバメガシも混じり樹種は豊か。本州南端の山の南斜面だけあって、大きめの木が多い。山頂の方を振り返ると、明るい新緑がせりあがるように広がっている。ところどころにオンツツジ、モチツツジ、ヤマツツジと多彩なツツジ類が競うように花を開いている。

谷の奥深く、流れ落ちる神秘の滝

1時間ちょっとで谷筋に下りる。眺望はなくなるが、静かな谷歩きを楽しみながら、里に着いた。田畑が広がり、遅咲きのぼたん桜が満開となっている。伊串の家並みまであと少しだが、日はまだ高い。下りてきた谷筋と別の沢に立派な滝があるという話を思い出し、田仕事をしていた人に道を尋ね、西側の山腹に向かう林道をたどった。谷に沿って30分ほど進むと、「七珍宝《しっちんぽう》の滝」「銚子の滝」と書かれた案内板があった。

谷が二股に分かれたところで東側の沢に下りてさかのぼると、木々の奥に落ちている滝が見えた。高さ18m、そう大滝とは言えないが、緑の中の漆黒の岩盤の上を何条かに分かれて落ち、神秘的な雰囲気を感じさせる滝だ。11月15日には伊串の代表が参拝してしめ縄をかけかえる「お滝さん」の神事が続いているのもうなずける。分岐に戻り今度は西側の沢の上の山道を登っていくと、眼下に勢いよく落ちる「銚子の滝」が現れた。山道を登り続ければ再び山頂に到達するはずだが、南面の名瀑2本を見られたことに満足して引き返した。

今回は、古座川西岸の古田から登って神王寺と重山神社をたどって頂上に達し、熊野灘に向かって尾根道を下り、さらに谷筋をうつって名瀑を眺める贅沢なコースを楽しめた。重畳山は、海、山、川が一体となった熊野の自然の魅力が重なり合った山だ。

賑わい消えても続く御影供、新しい可能性探る

伊串の家並みに入り、紀勢線の踏切を渡ろうとしたところで、農作業から戻ってきた山崎幸一さん（72）と出会った。大阪で銀行マンとして活躍していた山崎さんは52歳で伊串に帰郷、重畳

山霊地維持保存財団の専任理事を務め、地元でも重畳山を良く知っている人だ。

重畳山の山頂付近の山林は伊串のほか、古田、古座、西向、神野川の5地区でつくる財団法人で管理、神王寺や神社の行事もこの5地区で支えてきた。「弘法大師ゆかりの旧暦3月21日に行われる御影供《みえいく》は特に大きな行事で、「私が若いころは太地をはじめ南紀一帯から漁業者が集まりました。夜店も立って、里の人も前夜からおこもりしてにぎわっていました」と振り返る。伊串の場合、曹洞宗の寺の檀家となるなど、麓の集落は真言宗の神王寺の檀家ではないが、弘法大師への信仰はそれとは別に広がってきた。

今年の御影供は4月30日に行われるが、近年は参加者も限られ、かつてのにぎわいは消えた。「維持保存財団」も法律の改正や林業の低迷で今年末で解散となる。山崎さんは「重畳山の自然や歴史資産を地元の力で守っていくためにも5地区の協力を続け、任意団体をつくりたい。町にも働きかけて道標の整備やPRを進め、多くの人に重畳山の魅力を知ってもらいたいと思っています」と話していた。

◇

山崎さんのお話を受け17日後、旧暦の3月21日に当たる4月30日、重畳山の神王寺で行われた「御影供《みえいく》」にお参りした。この日は激しい雨で古座駅前のレンタサイクルも使えず、タクシーで広場まで行き、そこから寺に駆けあがった。

20人ほどの参拝者が来ていて、大芝英智住職の読経に聴き入っていた。正午ごろから年に一度の御本尊・弘法大師像の御開帳。参拝者は反時計回りに3周回って拝む。右に阿弥陀如来像、左に観音菩薩像があり、この像を合わせて拝む参拝者もいる。暗い堂内でろうそくに照らされた御本尊を回って拝むと、厳粛な気持ちになる。宗教行事としてはこれだけだが、神野川の裏千家の茶道師範の指導で大芝住職の娘さんがお手前をしてくれるなど、温かい地域行事の雰囲気が感じられた。

古田、神野川、西向、古座、伊串の5地区で支えてきた神王寺の御影供。今日の参加者も大半は各区長など重畳山霊地維持保存財団の役員だ。それでも古田から上がって来た70歳の女性は「働きに出ていた仕事が一段落したので、20年ぶりにお参りに来ました。古田の婦人会でついた餅を持って並べたりした昔と比べ今は寂しい気はしますが、それでもお参りすると気持ちがすっきりしますね」と話していた。

御影供で弘法大師像に手を合わせる

区長さんらに尋ねると、確かに地域と重畳山とのつながりは薄れてきている。表参道の麓の古田でも、弘法大師が重畳山を開くときに泊まったと伝えられる旧家も去り、「蒔かずの田」も埋められ、空海筆の銘がある棟札が残されていた六勝寺も無住になったという。漁船の位置を確かめる当て山としての役割も終えたためか、5地区を含め漁業者の参拝も見られなかった。西向の役員で大工の前田耕作さん（83）は「賑やかなことが少なかった昔は、御影供は楽しみでもあったのですが、今は他にいっぱいあるでしょうし……」と話す。

しかし、前田さんが言うように「校歌にうたわれてきたように重畳山は地元の誇り」ということには変わりない。御影供の後で開かれた財団の総会でも、財団の解散後も重畳山霊地維持保存会といった任意団体を発足させる方針が承認された。

大芝住職は他の勤めの間をぬって、父の弘道師を受け継いで5度目の御影供を行った。「引き際を考えたこともありますが、できることをできるまでやっていきます。5地区の皆様に引き続き支えていただき、新しい取り組みができればと考えています」とあいさつした。

大芝さんが描いているのは時代に応えた寺のあり方だ。「東日本大震災の後で、普通の暮らしの価値が見直されてきていますが、薪を割って火をおこしてご飯を炊くと言った昔行ってきた日常的な作務をする場に寺がなればと思っています。各地区の経験豊かな方に協力いただき、重畳山で育つ木や草が暮らしの中でどう生かされてきたかを教えてもらうといった観察会も考えています」。檀家のない寺なので経済面など難しい面もあろうが、熊野の山と海の自然を生かした開かれた寺があればありがたい。


（2013・4・13、30）

◆神王寺の御影供は4月第三日曜に日程を替えて行われている。5地区の代表が中心だが、熊野の自然を楽しむハイカーが参拝することもあるという。

雪も花も紅葉も…氷ノ山の魅力伝え続けて

兵庫県養父市

　兵庫と鳥取の県境に立つ氷ノ山《ひょうのせん》。兵庫県で最も高い標高1510mの山頂から広い山裾には、秋の深まりとともに、カエデ、ブナ、ドウダンツツジなどさまざまな広葉樹の紅葉や黄葉が駆け下りていた。

氷ノ山山頂から紅葉が下りてくる

　国道9号線を鳥取方面へ西に進み、氷ノ山山麓の福定に入る。民宿「喜楽屋」を営みながら登山やスキーの指導・啓発を続けてきた西村義雄さん（77）を訪ねると、「週末の登山大会の下見に」と登山口の親水公園まで送ってもらった。昨秋の台風被害で流された橋に代わって西村さんら地元の人がかけた丸木橋を渡り、円山川の源流・八木川沿いの登山道に入った。

　布滝を見上げて何回も曲がりながら登る急な山道を上がる。西村さんに教えてもらっていた「連樹」が目に入った。ホオの木の老木が枯れて一部空洞になっているが、そのまわりにネジキやナナカマドが伸び、老木を支えている。登山口から50分ほどで木の地蔵が安置された地蔵堂。単独行で知られる戦前の登山家・加藤文太郎（1905—36）が、神戸の造船所勤務の間を縫って氷

県境尾根のブナ林

ノ山に登った時、寝泊まりした場所だ。このあたりから杉の植林も切れ、落葉広葉樹の葉の色づきも増してきた。カエデの中でもよく目につくのはウリハダカエデ。標高１０００ｍを超えたあたりからミズナラに続いてブナの木々が目立ってくる。

木地屋跡、弘法の水を通り、鳥取県からの道が合流する峠・氷ノ山越に着いた。山陰からお伊勢参りをする人が通過したところで、天保十四年と刻まれた石仏が建てられ旅人を見守ってきた。

兵庫、鳥取県境の稜線を南に進むとブナ林が続き、ふた抱えを超す幹周りの木も出てくる。灰色の滑らかな幹から伸びる枝を包み込むように繁る葉は、秋のやわらかな日差しを受け浅い黄色から深い黄へ、そして褐色へと微妙に変わっていく。

ブナ林を抜け、ツツジ類などの灌木を横に、甑岩《こしきいわ》を巻いてつけられた木道を上がって、歩き始めて4時間弱の午後1時、笹に包まれた山頂に立つ。北側の鉢伏山から扇ノ山まで四方の山が見渡せる。

秋晴れの登山日和だったが、頂上にいると強い風が吹き上げてきた。頂上で休んでいた4、5人の登山者とともに避難小屋に駆け込んだ。たおやかな山容ながら、冬は厳しい気象条件と地形でルートを見失いやすく、過去何人も遭難者を出してきた氷ノ山。厳冬期に日本海から吹き付ける風はどんなに強烈か想像もつかない。

雪も花も紅葉も…氷ノ山の魅力伝え続けて

下りは高層湿原の古生沼、芦生杉の天然林「千本杉」を通り、標高1300mの神戸大ヒュッテまで下りると再びブナ林が続く。落ち葉で覆われた東尾根では、新緑の時期にはブナ林の足元を白や赤の花で彩る低木も、それぞれの紅葉を見せている。特に枝先に風車のように葉をつけるベニドウダンツツジの紅葉はやや紫を帯び、色彩の重なりの中でよく目立つ。11月下旬からの雪に包まれる世界を前に、ブナ林は豊かな彩りの季節を迎えている。

東尾根休憩小屋からは、「緩やかな下りで歩きやすく、自然林が良く残っている」という西村さんの薦めで、南東の尾根を進んで、午後4時過ぎに林道のまど登山口に下り立った。6～7時間で氷ノ山の兵庫県側の一部を周回できるこのコース、登山道は山麓の集落の人々が分担して草を刈るなど手入れが行き届き、道標も整備されている。鳥取県側からに比べ山頂への距離や標高差は大きいが、そこを押さえれば但馬の深い秋の表情を満喫できるだろう。

それでも昭和30～40年代に進められた杉の植林で、ブナ林をはじめ落葉広葉樹林はすっかり貧弱になったという。「尾根にも杉が植えられていったので、真っ白な本当の雪山という姿でなくなった」と話す西村さん。「クマが里に下りてきて危険だから射殺しろというのでなく、将来は落葉広葉樹林に戻して人と動物が共生していかなければ…」と指摘するが、林業の低迷でスギの伐採自体が少なくなっているので復元も容易ではないそうだ。

幸い、氷ノ山越から山頂にかけてのブナ林はかなり古木となっているが、周囲には若木が成長しており、更新は順調に進んでいるという。春先の深い雪が種子を守り、新たなブナの命を育んでいくことだろう。

杜氏にならず山スキーガイド、高松宮を案内

氷ノ山は、京阪神からでも車を使えば日帰りで登れるが、下山すればすぐ帰るのではもったいない。その日は福定の民宿に泊まって、主の西村さんに昔から今までの話を聞かせてもらった。「10歳ごろ父が氷ノ山のブナ林までキノコを採りに連れて行ってくれて、それから山が好きになりました」と西村さん。地元でスキー愛好会をつくり、雪の氷ノ山や鉢伏山を登り滑った。戦後復興が進んできた当時、ゲレンデでなく自然の山を舞台にした山スキーが盛んで、中学を卒業した西村さんは近くの宿屋に頼まれ、スキー登山客のガイドを任されることになった。コースは東尾根往復や東尾根から鉢伏に向かうコースなど。吹雪やガスで全く視界がきかず、現在地を聞かれても「雲の上にいる」と答えてカンだけを頼りに滑り降りたり、後続者の姿が見えず「ついてきていますか」「います」のやりとりだけで確かめたこともあった。

客はスキー靴をはきスキーにあざらしのシールをつけて登ったが、買う余裕のなかった西村さんはスキーに縄を巻き、長靴で単板スキーをはいて登り降りした。客の弁当を背負い、深い雪をかき分けるラッセルはいつも先頭に立った。「10日間続けて雪山に入ったこともありました。1日600円くれましたが、これは父が酒づくりの出稼ぎで稼ぐ日当と同じ額で、母親が喜んでくれました」。

当時、但馬の農山村では、冬には男が出稼ぎに行くのが普通で、但馬杜氏として酒造りをする

か、大阪で風呂屋のかまたきをする人が多かった。同じ集落の杜氏頭が杜氏を引き連れて和歌山の蔵に毎冬行っていたが、誰を選ぶか頭の胸一つのため、田仕事を手伝ったり、隠れて歓心を買うといった弊習があった。こうした封建的な気風にがまんできなかった西村さんの父は「酒の出稼ぎには行かんでいい」と息子の自由にさせてくれた。

杜氏にはならなかったが10代の一冬、但馬出身の口入屋の紹介で大阪・天満の風呂屋で働いた。2階の狭い部屋に住み込み、朝は建具屋を回ってかんな屑を集め、石炭と一緒に燃やした。「風呂屋の兄ちゃん」として、風呂場でのぼせて倒れた客を介抱したこともあった。休みの日はかけごとなどせず、脱衣場にポスターを張るかわりに映画館がくれる招待券で映画をよく見た。

昭和36年2月には昭和天皇の弟君・高松宮殿下のスキー登山を案内。「スキーの名手で、兵庫県スキー連盟の幹部がミカンの皮を雪の上に捨てたのを見て『山では持って帰るものだ』と注意されたことを覚えています」。

シニアも子供も　それぞれの登り方応援

高度成長時代にスキー場が次々開かれ、山スキーからゲレンデスキーにかわって、西村さんは氷ノ山国際スキー場に勤めスキーを指導してきた。しかし、若者を中心にスキー離れも進み、10年前にスキー場を退職してからは、山の案内を中心にしてきた。「事前に頼まれてなくても、登山ガイドをしてあげた方がいいと思ったお客さんには、山に登る朝『これから一緒に行きます』

登山口まで見送る西村義雄さん

と声をかけます」と誰にも山を安全に楽しんでもらえるよう気配りしている。

登山道の整備や点検のほか、植物への説明板の取り付けも。この日は登山大会に向けて「連樹」で生える7種類の植物の名を書いた説明板を作っていた。「地元の人間として自然をよく知ってこそ、山を楽しんでもらうことができる」というのが西村さんの信念。「熊が出てこないかと怖がる登山者が多いが、熊の方が人間を怖がっており、自然に通り過ぎていれば襲うことはありません。ただ、子連れの熊に出くわした時が怖い。熊ほど親子のつながりが深い動物はありません。子供を放って逃げるようなことはしないんです」と話は尽きない。

関宮町や八鹿町など4町が合併した養父市が2004年に発足してから、中学生は福定からの周回コース、小学生は南東の大段平からの往復コースで氷ノ山登山を行っている。「子供にはもっと厳しさもいりますが、『山に登ってしんどいけど楽しい』と言われると嬉しいですね」と顔をほころばせた。

（2012・10・22）

牛と上がったススキの上山高原への道

兵庫県新温泉町

但馬の奥深く、兵庫・鳥取県境を越えて立つ扇ノ山《おうぎのせん》（１３０９ｍ）。浜坂（現・新温泉町浜坂）生まれの登山家・加藤文太郎が何度となく登り、「兵庫立山」と名付けて愛した山だ。その北東側の山麓の村からススキの広がる上山高原を通って頂へと山道をたどった。里から山へ高度を上げるに連れて、ミズナラ、ブナ、カエデなど多彩な広葉樹林が紅葉の深まりを見せ、リンドウなどの花と合わせて多彩な秋を一日で味わえた。

再生が進む上山高原のススキ草原

鳥取へ向かう国道9号線から南に折れて青下《あおげ》の集落着。青下天満宮前の駐車場に車を停め、上山高原に上がる「牛道」をたどる。50年ほど前までは、どの家でも牛を飼い、エサに使うススキを採りに上山高原に上がっていた。青下からの山道が「牛道」と呼ばれるわけだ。

登りはじめは標高５００ｍくらい、落葉広葉樹の黄葉が始まったところだ。標高６００ｍあたりからブナ林も現れる。陽だまりにリンドウが2輪、３輪と紫色のつぼみをつけていた。アキノキリンソウの細かい黄花も目につく。

標高700mほどになると傾斜が緩やかになって「旧草原界」と書かれた案内板があった。今はササや灌木が繁っているが、里の人が牛を連れていったころは、このあたりまで草原が広がっていたのだろう。ススキがエサとしての役割を失って草原の火入れなど管理が途絶えたため、ササなどがはびこってきたという。

標高800mくらいになると、灌木もなくなって広いススキの草原が広がり、銀穂が秋風になびいている。但馬から因幡（鳥取県東部）にかけての周囲の山々の紅葉が深まってきている。

「文太郎ふるさとの山」扇ノ山に続くブナ林

ほどなく山道は海上《うみがみ》の集落から上がる林道と合流、扇ノ山頂への尾根に取り付く小ズッコ小屋登山口まで、林道を30分ほど歩いた。標高1050mの登山口から南へ進むと兵庫・鳥取県境を通る尾根道となり、ブナ林が続く。このあたりのブナの黄葉は盛りを過ぎ、橙色に移っていく。カエデの色づきはまだまだ深まりそうだ。豪雪地だけに生えるアシュウスギの大木も何本かある。

尾根道を登り返して1時間半で扇ノ山頂。避難小屋が立つ頂は県境を南に300mほど超えて鳥取県に入っている。鳥取県側から年配の男性2人が登ってきた。1人は広島県呉市、もう1人は長野県安曇野市から。呉の方は単独行の加藤文太郎ゆかりの山に絞ったプランで、氷ノ山や蘇武岳も回るという。安曇野の方も「日本アルプスだけが山ではない」と。扇ノ山は山屋の中で全国区の存在のようだ。青空ものぞき始めて南東側に氷ノ山を始め但馬の山並み、頂上手前の見晴台から北西には鳥取平野が見渡せた。

頂上手前の分岐点に戻り東の畑ケ平《はたがなる》へと尾根道を下った。この尾根にもブナ林が続くが、先ほどの県境尾根より幹周りが太く、二抱えはある。県境尾根はもともとあったブナ林を営林署が40～50年前に伐採、その後、種から自生した二次林だが、この尾根のブナ林は原生林という。カエデなどの紅葉が青空によく映え、気持ち良い下り道を1時間ほどで畑ケ平に着く。標高1000mのこの地は名前のとおり平地で、戦後開拓され高地の気候を生かした野菜畑が広がっている。

畑ケ平から40分ほど林道を歩き、北へ上山高原へ向かう左馬殿道に入る。江戸時代に因幡・若桜城主が急ぎの時に使い、霧ケ滝の上流の沢を渡って上り下りする歴史の道だ。深山で木の椀などを作っていた木地師の小屋跡と墓の近くまで登るとブナ、ミズナラ、トチなどの広葉樹林が続き黄葉が青空に広がる。最後の詰めの部分で時間がかかり、上山高原に戻ったのは午後4時半。「秋の夕暮はつるべ落とし」、青下への「牛道」を駆け下りた。

扇ノ山の山名は、稜線と山裾が扇のように広がる山容がその由来という。兵庫県だけでも山麓の集落は青下、海上、岸田など七つを超える。8時間半の本日の周回コースは広大な扇ノ山の山域の一部に過ぎないが、里の人々と山との強いつながりを感じることができた。

大切にされた牛、小2から世話係

上山高原から青下の集落に下りた時は日も暮れたので、翌朝改めて青下を訪れ、畑でアズキの収穫をしていた小畑《こばた》重忠さん（71）に手をとめてもらい、昔から今までの話を聞かせてもらった。

かつてはどの農家にも牛、特に雌牛が1頭はいて農耕で大きな力になるとともに、その牛が産んだ子牛を市場で売ることで貴重な収入を支えていた。牛小屋は家の玄関のすぐ横に置かれて、牛は大切にされていたという。

「牛の世話は子供にとって大事な仕事でした」と小畑さんは振り返る。昭和18年に農家の長男として生まれた小畑さんは小学2年生のころから牛の世話係だった。学校から帰ると1時間は牛を散歩に連れていき、道端の草を食べさせた。「但馬牛には配合飼料より朝霧に濡れた自然の草が一番いいのです」。草の中でもススキが一番で、里にもススキを育てた場所はあったが、やはり上山高原だった。7月の梅雨明けごろ、浜坂で行われる川下まつりに合わせて「鎌入れ」となり、この日から山麓の集落の共有地だった草原でのススキの刈り入れができるようになる。ちょうど小学校も夏休みに入り、ススキを刈ってその場で干して2、3日後に取りに上がる。

クワフゴをかつぐ小畑重忠さん

「こういうふうに担いで下りてきたんですよ」と小畑さんが物置から運搬に使った道具を出して実演してくれた。軽い材質の桐のにない棒に、稲わらで編んだ大きな袋

牛と上がったススキの上山高原への道

を前後に下げるクワフゴ。昭和30年頃までは養蚕が盛んで、特に桑の葉はこれで運んだ。袋でなく4本の縄をつかう「四把《しわ》」もあり、若い頃は、これで30キロほどかついだという。ちょっとしたロープも首から肩にひもをかけると「おいそ」と呼ばれる運搬具に早変わり。今でも炊きつけに使う杉の葉をこれで運んだりするが、昔は木の皮をはぎ、編んでつくったひもを使っていた。

稲刈りが始まる9月の農繁期には家で牛をかまっておられず、学校も農繁期休みになるため、小畑さんが牛を上山高原のススキ原に連れて上がった。「青下の集落で使う草地までは、こう配のある山道を40分歩き、平らになった平《なる》からは40分くらいでした」と。「家から外に出すと、引っ張らなくても牛はどんどん山道を上っていきました。帰る時も自分から山道を下りていくんです」と小畑さんは少年の日に還ったように話していた。

牛の餌になるススキは、カヤと違ってあまり長く伸びていない軟らかいものだそうだ。かつては4mほどにも積もる雪が溶けるころ草原に「火入れ」をしてササや灌木の侵入を防ぐとともに、餌に適した一年生の若いススキの成長を促していた。

小畑さんが鳥取県の農業高校を卒業して家に帰ってきたころから、牛を取り巻く環境も変わっていった。まず、農作業の機械化とともに、山麓のどの農家でも飼われていた農耕用の役牛は姿を消していき、小畑さんの家でも昭和37年には役牛がいなくなった。牝牛に子牛を生ませる繁殖経営は貴重な収入源として続いたが、飼育方法の変化、配合飼料の普及、自動車の一般化で、上山高原のススキを餌にすることはなくなった。このため、「旧草原界」のススキ原がササや灌木の林に替わってきた。

放牧も一部復活、地元力で草原の再生進める

しかし、平成になって、上山高原にスキー場などを設けようとする開発計画がバブル崩壊や阪神大震災で頓挫。兵庫県が周辺部を買収、自然を生かした場とする方向に転換した。集落などをまるごと生きた博物館として自然や伝統文化を守り生かそうというNPO法人「上山高原エコミュージアム」が山麓の住民を中心に8年前に発足、ブナ林やススキの草原の再生を進めている。

事務局長の馬場正男さんの話では「海上集落で繁殖牛を飼っている農家でも、ススキ草原での飼育の良い面が見直されるようになり、牛に草を食べてもらってススキ草原を維持するため5月から10月にかけ10頭を放牧しています。昔の広さにはとても及びませんが、草原の面積は増えて来ています」という。地元の集落では、ススキ草原復元作業で出る灌木を原木にしたシイタケも生産。特産品として、エコミュージアムの拠点のふるさと館で販売している。

四季を通じて行われるプログラムに都市の人が参加しているが、日々、高原に上がって草を刈り、ブナの苗木を植える中心となっているのは地元の年配の人たちだ。小畑さんもこの3月まではエコミュージアム保全部会員として作業に加わり、また阪神間から応援に来た人を自宅に泊めるなど協力してきた。

牛の飼育は家族ぐるみ。小畑さんも母を見送った平成10年に繁殖用の牛の飼育を終え、いま青

牛と上がったススキの上山高原への道

下では牛の姿を見ることはない。しかし、山が迫って耕地が限られた青下でも、明治はじめにできた水路で新田が開かれ、米づくりが行われてきた。ブナやミズナラ、トチの落葉広葉樹林が広がる扇ノ山から霧ケ滝などの名瀑を下って流れてくる清流。小畑さんも小さな流れを利用してワサビをつくっている。

幼い時からの長いかかわりがあり、恵みがもたらされてきた山と高原だからこそ、豊かな環境を自らの手で取り戻そうと里の人たちが動いているのだろう。

（2014・10・24）

◆

茅葺き屋根の葺き替えに活用　ススキ草原の回復の取り組みは、灌木やササの刈り取り作業を中心に続けられ、復元地はこの6年でも10haに。4月の山焼きも参加型イベントとして定着した。

このススキを茅葺屋根に使うカヤとして活用しようという動きが2016年から始まった。神戸市北区を本拠に民家の茅葺屋根の葺き替えを行う職人集団「くさかんむり」が、全国的に減っている茅場として上山高原に着目。エコミュージアムは、牛の放牧地以外の場所で、穂が伸びた11～12月にカヤとして1200束を刈り取り、束ねて出荷している。数量はまだ限られるが、文化財をはじめ注文は多く、2000束の供給をめざす。

（2020・7・2）

木馬、ケーブルで山出し　戦後林業引っ張る

兵庫県丹波市青垣町

緑の田園を青い山並みが垣根のように取り囲む兵庫県丹波市青垣町の東芦田。3月の節分草まつりや5月のセッコクまつりなど、季節ごとのイベントが盛んな集落だ。そこで村おこしの先導役を進めた芦田晴美さん（85）に15歳から35歳ごろまで携わってきた山仕事の体験を伺った。木馬《きんま》、架線（ケーブル）と手段は変わりながらも、伐採された木を深い山からふもとの道まで運び出す危険でハードな作業を続けてきた。

芦田さんは昭和8年3月生まれ、15歳で高等小学校を卒業して山仕事の組に入った。父は日清戦争に海軍軍人として従軍して退役後に郷里で田畑も手に入れていたが、それだけでは充分な暮らしはたてられなかった。兄は太平洋戦争から無事復員したが、冬場の寒天出稼ぎで風邪をこじらせて死亡。芦田さんが家を支えなければならなかった。「働き口として役場や電機工場はあったが、山林労働は危険な分、月給取りと比べものにならない収入が得られた。特別の頭や技能も必要なかった」。

当時の林業は、製材所が山持ち＝山林地主＝から「この山で何石分の木を伐り出す」という形で買い取り。製材所は実際の伐り出しを、山仕事を行う組に「1石当たりいくら」と請け負わせる。山仕事では、木を伐採する作業と、伐られた木を集め、木馬で曳いて、トラックや馬が入る

木馬、ケーブルで山出し　戦後林業引っ張る

道まで運ぶ「山出し」の作業を明確に分けていた。芦田さんは木馬曳きをしている東芦田の先輩がいたので、組に入って山出しの仕事を始めた。芦田さんは最年少で4、5人の先輩がいて、40過ぎの人が最高齢だった。

急斜面に木馬道づくり、目いっぱい原木積む

山出しの作業は、木馬を下ろす木馬道づくりから始まる。まず資材とする木を伐る。材木になる杉やヒノキでなくコナラなどの雑木を使う。大江山に入った時はウルシの木を使ったので、かぶれてかゆみが大変だったが、薬もないのでがまんするしかなかった。平地や緩い斜面では枕木のように並べればいいが、急傾斜地や谷を渡る箇所では、橋のように杭を建てなければならない。また左右は水平にしなければ、木馬が谷に落ちてしまい命にもかかわる。「どこに木馬道をつけて、どう組み立てるかは長年の経験と勘がいりました」。伐っては組んで、伐っては組んでを重ね、一つの請負仕事で山に入る期間の25～30％は、この木馬道の敷設にかかった。

伐採した木を集めて載せる木馬は長さ8尺（約2・4ｍ）、幅は人間の肩幅ほど、厚みは1寸から1寸半（3～4・5㎝）くらい。小さめに見えるが、人の背丈近い高さまで、上が広がる神輿の屋根のような形に積むので、積載量は大きい。それだけに精巧でなければならないので、組の中でも特に器用な人が職人として木馬をつくる。また、できるだけ多く載せられるような積み方をするかが曳き手の力量だった。

木馬に積み上げた一番上の丸太にワイヤをかける。曳き手は木馬の前部の横に立ち、ワイヤを手で調整しながら下っていく。基本的に木馬は木馬道を勝手に滑り落ちていくので、曳き手はコントロールの巧拙が問われる。

伐採場所と林道の間の距離によるが、曳き手がめいめいの木馬を曳き、1日に3～4回往復することもあった。林道の奥に設けた集積場＝土場《どば》まで運ぶと、木馬曳きの仕事は完了する。そこから先は製材所がトラック（当時は主にオート三輪）か馬力で運んだ。入ったころはトラックと馬が半々で、木馬2台分で下した材木を、馬1頭が運んだ。

残された木馬を見る芦田晴美さん

危険でハードな仕事、高給なわりに貯金できず

積み方やワイヤの締め具合によっては、木馬が木馬道を飛び出して曳き手がはじかれて転落したり、下敷きになってひかれる事故もあった。「吹っ飛ばされてけがをした脚が今も痛みます」と芦田さん。仲間うちで負傷者は多かったが、致命的な直撃はすばやく逃れて死亡者は出なかった。新米の時は伐られた木を集めること、木馬道づくりから仕事を始めた。木馬を曳くのも平ら

なところから始め、急傾斜を曳くのは経験を積んでからだった。

木馬曳きに入る山は広範囲にわたった。地元の製材所が請け負った青垣周辺の山林の仕事が多かったが、東芦田出身で隣の京都府福知山市で製材所を経営している人からは、大江山や舞鶴の大浦半島の山林からの山出しを請け負った。このあたりは山が深く、1日で人家が近くにあれば、製材所の手配でそこに泊まり込んだが、奥深い現場に入る時は、小屋を建てて泊まった。飯炊きは主に新米の仕事。風呂はないので谷川で体を洗った。一山での仕事が半年にも及ぶこともあった。

危険を伴う不便な仕事だけに、月給取りの1か月分3000円を1日で稼ぐこともあった。一方、羽振りも良くて福知山市にあったキャバレーを仲間と2人で借り切ったこともあった。そのため、収入の割には貯金はあまりたまらなかった。

試験受け架線技士資格、製材所の専属請負に

5年ほどすると、山林労働は大きく転換していった。全国的に材木の運搬にケーブル架線が導入されるようになり、芦田さんも架線技士の国家資格を、西脇市にあった労働基準監督署に試験を受けに行って取得した。試験自体はそう難しくなかったが、実地に敷設して使うにはいろいろ困難があった。斜面の上と下に支柱を設けて架線を張るが、下の杉やヒノキの木は伐採できないので、うまくルートをとらなければならない。木や石を支柱にすることもあるので、木や石の位

置や形を把握しておく必要がある。架線の長さは7、800mに及ぶこともあり、山を越える時は間に滑車を取り付けた。木馬とは反対に、芦田さんらはワイヤと器械を担いで下から上へと真っ直ぐに張っていった。ワイヤをつなぐにも技術がいった。「私の場合、普段から山に入っていたことが役に立った。いい架線ルートをすぐに選べた時は嬉しかった」。

架線を使った山出しは、木馬ほどではないが、急傾斜を下りてくるので危険なこともあった。それでも搬出の人数は木馬に比べて少なくて済むようになった。木馬を曳いていても、新たな勉強が求められ資格が必要なケーブルの仕事にはつかなかった人もいる。芦田さんは架線の仕事ではリーダーになり、木馬曳きでは教えてもらっていた先輩を逆に教える立場になった。架線が張れず木馬による搬出を続ける山もあり、架線に精通するとともに木馬曳きの経験もある芦田さんの評価は高まった。

25歳になったころ、芦田さんは請負い組の一員ではなく、近所の製材所の専属請負となった。戦後復興から高度経済成長に入る昭和30年代前半は木材の需要も伸び、製材所は冬場も木を伐りだして製材を促進しようとした。芦田さんも収入が増えていったことから冬場の寒天出稼ぎをやめ、山仕事一本に絞った。

しかし、東京五輪が終わり大阪万博が近づく昭和40年代になると、林業の環境は厳しくなってきた。氷上町成松に木材市場ができ、製材所はそこで材木を買い付けて製材だけをするというやり方になってきた。以前のように製材所が山持ちと話をつけて、伐採、搬出の工程まで仕切るというシステムが崩れてきた。外材の輸入も急増して内地材が押されてきたことから、山出しの仕事は目に見えて減少。35歳になった芦田さんは、「先の見込みがない」と20年以上携わってきた山仕事から転身することにした。

建築板金業に転身、山仕事での人脈生かす

芦田さんが次に選んだのは建築板金だった。異質の分野に見えるが、製材所を通じて建築業ともつながりがあり、茅葺の屋根の維持や防火のためトタンをかぶせる家が増えてきたことに着目していた。親類に板金業をしている人があり、芦田さんは仕事を終えた後に夜道を通って学んだ。技術を習得した芦田さんは、東芦田の大工と一緒に奈良県まで足を延ばした。

「山仕事で各地を回った時に培った人脈が、この時に生きた。集落の中で顔がきくボス格の家から注文を受けると波及効果が大きいので、まずそこを狙った」。この戦略が功を奏して、寺や神社の仕事も取れるようになった。

仕事の一方、芦田さんは東芦田のむらおこし活動のリーダー役を担った。旧家の修復保全の際にも、屋根の工事の時に培った茅葺き職人とのパイプが役立った。80歳を前に「もう充分仕事をした」と退いた芦田さん。「仕事も地域活動も、人と人とのつながりがあってこそ。それと、いざという時にものをいうのは勘。これは経験と、よく考えることでしか身につかない」と振り返った。

（２０１８・11・27）

厳冬の屋外で技量発揮した寒天出稼ぎ

兵庫県丹波市青垣町

兵庫県丹波市青垣町東芦田の芦田晴美さんは、山仕事の少ない冬場に寒天づくりの出稼ぎに行った最後の世代だ。節分草まつりの後、製造に使った釜や箱を見せてもらいながら、厳冬期の深夜にも寝ずに取り組んだ若いころの体験を聞いた。

昭和8年生まれで高等小学校を卒業した15歳から山仕事に入った芦田さん。「昔は丹波の冬はずっと厳しく、里でも雪が40㎝ほどはよく積もりました」。そのため、東芦田のほとんどの家が11月末から3月半ばまでの百日間は出稼ぎに行っていた。隣の西芦田では、灘の酒蔵へ杜氏として出ていたのに対し、東芦田では寒天づくりが普通だった。大阪府の能勢町、高槻市、船坂（西宮市）など関西の産地に行っていたが、岐阜県明智町（現・恵那市）が関西の産地で学んで寒天づくりを始めたことから、明智からも呼ばれるようになり、父の代からは行っていた。

遠く岐阜に百日間、経験重ね上の職階へ

芦田さんは、始めの5年は関西の産地、後の5年は明智町に行った。寒天づくりは、工程に沿ってさまざまな作業に分かれ、経験や技量によって頭領を筆頭に職階があって、人によって仕事が決まっていた。

まず原料のテングサを洗う「さらし」。船坂では大きな水車を使って洗っていた。そして、直径1・5m、深さ1・2mの鋳物の大釜を使って湯を沸かす。釜の上に桶を載せて吹きこぼれを防ぐので、容量はさらに大きい。「炊き子」がマキや柴を用意して、朝9時から夕方4時までかけて沸かす。沸騰すると、テングサを放り込んで煮立てるが、これは頭領の仕事。炊き方によって最終的に寒天の質が大きく変わる。つやがあって透明になるか、ぼけて黒ずんでしまうかすぐわかる。

翌朝5時から、これを漉袋《こしぶくろ》に入れて絞り、28本分に切れ目を入れた木箱に移して固め、トコロテンの状態で「天出し」の場所に運ぶ。大がかりな作業なので、次の作業場は遠く、能勢では山道を上がる。箱の重さは40キロ以上、「始めたころは体ができてなくてひょろひょろだったので重く、肩に食い込んで辛かったです」と、箱を実際に肩に載せて語った。

流し込んでできたトコロテンを箱ごと運ぶ。重さ40キロを超す

次の「天出し」は「筒引き」といって、トコロテンを筒から引き出して糸寒天や角寒天に形を整えるのだが、寒さの時期によって厚さを調節する必要がある。「五本引き、六本引きというふうに凍てが強い時期には厚く、凍てが少ないときは厚さを薄くするんです」。これを屋外のよしずの上に載せて、凍らせるのだが、

ここからが技量と勘が求められる難しい工程だ。「自然のままに凍らせると、寒天内に氷の玉ができ、ぶつぶつになってしまって製品になりません。それを防ぐには表面を氷で凍らせなければならず、ノコギリ鎌で氷を削ってふりかけていきました」「うまく凍らせるまでは深夜の1時になっても寝られず、正月も休みませんでした」と芦田さんは力を込めた。

テングサ煮た大釜を交流施設のサウナに活用

産地で経験を重ねた芦田さんは、20代で頭領に次ぐ位の釜脇を務めるようになった。しかし、昭和30年代に入ると木材需要が伸びて冬場も仕事に行くようになると、出稼ぎに出られなくなり、

テングサを煮た大釜

また行く必要もなくなった。集落全体でも、勤めに出る人が多くなって東芦田からの寒天出稼ぎは終止符が打たれ、明智町の出稼ぎは新潟から行くようになった。さらに、寒天生産でも厳冬期の寒さを生かした天然寒天から、季節に限らず製造できる化学寒天が主流になっていく。20代までの寒天出稼ぎ、30代半ばまでの山仕事、それ以降の建築板金とさまざまな仕事に携わった芦田さん。「寒天出稼ぎの収入は良かったですが、きつくて、楽

しい思い出はありません」。それでも数年前には、寒天づくりをやめた船坂から水車、大釜、箱を譲り受けて運んできた。若者が農業体験などを行う都市・農村交流の拠点施設「ごりんかん」に設置、大釜5基のうち一つは「五右衛門サウナ」に、一つは焼き肉の調理に再活用した。

こうした道具を前に寒天づくりを語る時の芦田さんの表情は若者の頃に還ったかのようだ。「料理に使うのなら自然の中で作った寒天です。化学寒天とは比べものになりません」という話には、力と知恵を傾けた寒天づくりへの誇りがうかがえた。

（2013・2・7）

人を動かす頭領の心得、後々に生きる

芦田晴美さんが「寒天づくりの先輩」と言う塩見重男さん（87）には、2年後の節分草まつりで話を聞いた。主に畦野《うねの》（川西市）に出稼ぎに行き、足かけ30年寒天づくりを続けた。

塩見さんは高等小学校を卒業後、昭和18年に船坂（西宮市）に初めて出稼ぎに行った。その後、戦後の激動や肉牛の飼育、養蚕で手一杯だったので行かなくなった。しかし、昭和30年代になると養蚕が衰退してきたこともあり、30歳くらいから寒天出稼ぎを再開した。

畦野は妙見山の登り口「一の鳥居」の近く。今では宅地化が進んでいるが、当時は船坂や高槻と並ぶ関西の寒天の産地だった。他の産地では11月から出稼ぎに行かなければならなかったが、それでは大麦の植え付けなど稲刈り後の農作業に支障があった。畦野なら植え付けをすませて12

月からでも行くことができた。

「押し付けでなく、相手のこともよく考えて」

畦野は寒天産地の中でも東芦田から近く、妙見参りでなじみ深かったが、厳しい仕事であることは変わりなかった。「正月も作業が続き、私は年末年始に一度も帰らなかった」と塩見さん。家で不幸や事故があれば途中でも帰れたが、塩見さんの場合、そうしたことはなく、家業の牛の市場が立つ12月の1日だけは休みをとった。

しばらくして頭領が亡くなったため、跡を引き継いだ。全体の段取り、新入りの教育を行いながら通常の作業もこなした。人集めも重要な仕事で、山仕事などの人脈を生かして確保、いざという時に備えてピンチヒッターも用意した。作業は一斑5人くらいでのチームプレー。「上から押し付けても駄目。といって甘くするのでもなく、相手のこともよく考えたうえで動いてもらう」ことが頭領・塩見さんのモットーだった。

父が出稼ぎ期を前に77歳で亡くなったことから、塩見さんは後継者を決めたうえ40代で寒天づくりの頭領を引退した。それからほどなく昭和50年ごろには畦野での寒天づくりも終わった。それでも、頭領を務めて自然と身に着いた人の動かし方は、養蚕組合長や消防分団のリーダーとなった時に生きたという。

厳冬の屋外で技量発揮した寒天出稼ぎ

徴兵検査直前に終戦、切り替え早く米や牛に全力

寒天出稼ぎと前後するが、70年前、昭和20年8月15日のころの記憶を尋ねた。実は塩見さんはこの年の9月に徴兵検査を受ける予定だった。この時期になると、徴兵検査前でも志願で戦場に赴く若者が多く出てきて、塩見さんの同年代で中学に進んだ次男、三男の友人は予科練に応募して戦死した人が多かった。塩見さんは長男で、父親からの意向もあって「検査まで待て」という感じだった。特攻隊の発案者として有名な大西瀧治郎中将は隣の西芦田の出身で、小学校上空を激励飛行したこともあったが、「大西先輩に続け」というように呼びかけられたことはなかった。

8月15日、塩見さんは正午に玉音放送があることを知らず、農作業をしていた。ラジオを持っていた人は限られており、寺の施餓鬼に行っていた父が玉音放送のあった話を聞いて教えてくれた。その時は、ほっとしたというより、「もう少しで徴兵検査を受けて戦いに行けたのに」と感じたという。

しかし、戦時から戦後への切り替えは早かった。小作農だった塩見さんの家も農地改革で畑地を得ることができ、水田への転換に奮闘した。肉牛の飼育に力を入れ一時は20頭を飼育、佐治や石生、和田山の市に出した。農協の指導を受け飼料の栽培を工夫、市場で高い評価を受けた。

むらを取り巻く環境も、なりわいも大きく変わったが、自身の歩みを振り返りながら塩見さんは、「息子も孫も、家を受け継いでくれたことが嬉しい」と明るい表情で話した。

（2015・2・8）

百里ケ岳の里と日本海結んだ鯖街道

滋賀県高島市

今日は秋晴れが続きそうと早起き、湖西の奥深く滋賀・福井県境に立つ百里ケ岳《ひゃくりがだけ》（９３１ｍ）に登り、続いて日本海の小浜から京に魚を運んだ鯖《さば》街道の峠道をたどった。滋賀県側の麓から一歩一歩標高を上げると、カエデの紅葉は色合いを増し、頂上手前の尾根をブナの黄葉が黄金色に染めていた。

比良山の西側の登山口・梅ノ木から針畑川に沿って走り旧朽木《くつき》村で最も奥の集落・小入谷《おにゅうだに》で降車、地元の朽木山行会が開いた百里新道をたどる。しばらくは植林された杉が続き、次第に現れる広葉樹の色づきもまだ浅い。しかし、標高５００ｍ、６００ｍと高度を上げていくとウリハダカエデなどが色合いを増してくる。ハウチワカエデは紅葉していく途中だ。

ホオの葉など紅葉の時期の早い葉はすでに落ちており、落葉の山道を踏んで登るのも心地良い。木の下にはイワウチワが多く見られ、赤や黄の葉の中で、つややかな緑の葉が映えている。

針畑川に沿った集落で最も奥の小入谷

豊かな雪が育むブナ林　黄金の輝き

2時間半ほどでシチクレ峠、続いて県境尾根の分岐点に着いた。西に折れれば鯖街道の通る根《ね》来坂《ごりざか》に達するが、まずは百里ケ岳の山頂を目指して稜線を北へそのまま進む。標高800mを超えるこの峠のあたりからブナ林が本格的に現れ、灰白色の幹から高く伸びた枝に広がる黄金色の葉は秋の豊かさを感じさせる。白山などのブナ林と比べると小ぶりだろうが、幹周り2・5mほどの木もあり風格を感じさせる。昔に比べると減ったとはいえ、麓の小入谷でも雪が2mを超える地域。豊かな雪がブナを育んできたのだろう。岩場を越すと、右手の北東側に展望が開ける。琵琶湖の湖面が広がり、対岸に伊吹の山容がうっすらと浮かんでいる。

このあとブナ林が続く道をたどって、分岐から30分ほどで山頂に着いた。「雲城水源泉の峰」と書かれた小浜市の一番町振興組合の看板もあり、福井県側からもよく登られているようだ。山頂から先ほどの分岐点を経て根来坂に伸びる県境尾根は、太平洋と日本海に流れる水を分ける中央分水嶺。南東側の水は針畑川などとなって流れ出し、安曇川に合流して琵琶湖に注ぎ淀川水系に。一方で北西の水は遠敷川となって小浜湾に注ぐ。東大寺のお水取りに供える水が汲み出される小浜・鵜の瀬の「若狭井」の水の源も百里ケ岳という。

山頂からはさらに北にブナ林の尾根道が延びるが、ここで分岐点に戻って、根来坂への県境尾根道を西へ進む。1時間ほどで根来坂、小浜から上がってきた鯖街道の峠には旅人の安全を祈るためか地蔵堂と石塔が建てられていた。3時を回ったので少し足取りを急いで鯖街道を下る。街道といっても、このあたりは山道と変らない。今回歩いた道は、小浜から京までの長い街道のうち一部に過ぎないが、こうした道を上り下りした先人の脚力に脱帽した。

（2009・10・23）

行事の食材、マンガン鉱石…重い荷の担ぎ手は女性

10月終盤の30日、紅葉の深まりを確かめようと再び百里ケ岳へ向かった。まず、先日下山後に寄った小入谷の集落の清水幸太郎さん（80）と妻の之枝《ゆきえ》さん（80）を訪ね、鯖街道や山にまつわる話をうかがった。

「昭和30年代までは林業や炭焼きで結構収入が得られ、ここでも20戸くらいの家がありました。小浜からサバに限らず魚や菓子などを担いで根来坂の峠を越え、鯖街道を歩いて行商に来る人が何人かいました。ここで1泊して2日かけて売り、また峠を越えて帰っていました」。鯖街道は遠い昔ではなく、最近まで山里の暮らしを支える道として使われていたのだ。

小入谷をはじめ針畑の集落の人々も峠を越えて小浜に通っていた。「むらから2時間ほどで峠の北の上根来に到着、その次の集落からは小浜へバスが通じていたので、ここまで歩いて昼には小浜の街中に着けました」。清水さんは「子供の時は父に連れられて小浜に行きましたが、街に出るというだけでもわくわくする気持ちになりました」と振り返った。

ふだんは1人か家族ごとに行ったが、結婚式や法事などでまとまった食材が必要な場合は、むらぐるみの「特別輸送態勢」をとった。「まず1人が小浜の街まで箱詰めにした魚や菓子を受け取りに行き、軽トラックやタクシーの入れるところまで運びました。そこに根来坂を越えてきた担ぎ手4、5人が待っていて、箱を『負い紐』でしょって登りました」。男たちは山仕事に行くため、こうした担ぎ手はほとんど女性で、10貫（37・5キロ）を超す荷を背負って2時間半くらいでむらに戻ったそうだ。

「担ぐ」といえば、百里ケ岳のシチクレ峠の東側にマンガン鉱山があり、採取したマンガンを、之枝さんらむらの女性が峠を越え、現在の登山口の小入谷越まで運搬していた。重さは15貫（56・25キロ）、ゆっくりゆっくり歩くとはいえ登りもあるコースを4時間かけて運んだそうだ。「そのころは担ぐのが当たり前でしたから。運び終えるとすぐに現金がもらえるのでいい仕事でした」と之枝さんは話した。

一方、百里ケ岳は中腹までは炭焼きなどに入っていたが、山頂付近は藪に覆われ、信仰の対象でなかったため頂まで登ることはなかったそうだ。太いブナの木が残っているのも人があまり入らなかったためだろう。

山里から小浜へ運ぶものはなかったのだろうか。清水さんの親の代までは、ブナの木の杓子《しゃもじ》、クルミの木の下駄を冬の副業として男が作り、小浜へ行く時に魚屋などを通じて売ると重宝がられたという。クルミはキリと似て軽くて丈夫で、よく生えていることから使った。「下駄つくりには力と技術がいり、上手下手は履いてみるとすぐわかりました」。ただ、下駄の需要が減った

すかりを背負い、昔の暮らしを語る
清水さん夫婦

ためか清水さんの世代には、この技術は継承されなかった。

当時作られた杓子や下駄は残っていなかったが、山仕事や峠越えをする時に弁当を入れて肩にかける「すかり」と呼ぶ網目の袋を背負って見せてもらった。これに男は円形の大きめの弁当箱、女は楕円形の小さめの弁当箱を入れたが、水筒のようなものは携えなかったそうだ。「山は今より水が豊かで、水飲み場がいくらでもありました」。

この峠越えも自動車が普及してきた昭和30年代後半にはなくなった。買い物も主に車で安曇川のスーパーなどに行くようになった。「一度車に慣れ、ふだんから歩くという習慣がなくなると、もう坂歩きをしてまで小浜に出ることはなかったです」。

定年後に帰郷、百里新道整備や鯖街道復元

山仕事も少なくなった昭和40年（1965）、清水さんはむらを離れて草津市に移って銀行に勤務、之枝さんは自動車部品工場に勤めた。これまで縁のない仕事だったが「同じ年くらいの人

が多くて楽しかった」と之枝さん。

　定年後の平成元年（１９８９）、「町にずっといてても仕方がないし……」と夫婦でふるさとに戻り畑を耕している。清水さんはもう山仕事をしたり、峠道を行き来することはなかったが、別の形で山に入った。地元の登山グループ・朽木山行会で百里新道の整備や荒れた鯖街道の復元に参加し、特に木の道標づくりに取り組んだ。里に近い焼尾地蔵堂は、林道建設で切られた杉を使って建て替えた。農耕の牛を飼っていたころは、エサにするカヤを確保するため、毎年４月、この堂のあたりまで山焼きしていたという。

「登山者やハイカーがよく利用するので10年くらいで、きちんとした道になってきました。外から来て歩いてもらうのは、山にとってもいいことです」。地元の老人会が運営する針畑休憩所では、鯖街道歩きのハイカーらの自炊宿泊も受け付けてきた。

　冬は豪雪で交通路が遮断されることもあって、現在、集落は８戸に減った。バンガローを建てる都会の人もいて、むらには「廃村の危機」といった暗いイメージは感じない。清水さんらの話には、時代の変化を取り込んで生きてきた明るさも感じた。奥の奥のようでも、峠を越すと海につながっていたむらの持つ開放性があるのだろうか。


（２００９・10・30）

◆

　県境尾根を黄金色に染めるブナの黄葉をもう一度見たいと2年後、再び百里ケ岳へ。小入谷を訪ねると悲しい話が待っていた。ずっと元気だった清水幸太郎さんが年頭に急逝されたという。

百里新道の整備に携わり、私を含め登山者にいろいろ教えてくれた清水さんには感謝の気持ちでいっぱいだ。鯖街道を暮らしの中で歩いた最後の世代であろう清水さんのお話を、大切に留めたい。

（2011・10・23）

金糞岳の麓に早開き告げた「ノタの白雪」

滋賀県長浜市

湖北の奥深く滋賀・岐阜県境に立つ金糞岳《かなくそだけ》（１３１７ｍ）。滋賀県最高峰の座は伊吹山に譲るが、麓からたどる道は長く深い。新緑のブナ林が続く稜線には、近畿の山では珍しいツツジのムラサキヤシオの花が開き、足元にはチゴユリやスミレなどの小さな花がしっかりと咲いていた。

小朝ノ頭から望む金糞岳山頂

バスが通う最奥の集落・高山から姉川上流の草野川沿いにキャンプ場まで車で入り、そこから旧林道に入る。頂上に突き上げる深谷を左手に見送り、関西電力の揚水所の手前から流れを離れて中津尾根を上がっていく。標高６３０ｍの地点で広域林道を横切るあたりまでは朱色のヤマツツジや薄紅色のタニウツギの花がよく目立つ。山道の東側はヒノキの植林が続くが、西側はナラなどの広葉樹林で樹種も豊かで、登りも苦にならない。

標高９３０ｍの地点でもう一度広域林道を横切り、連状ノ頭を越すあたりからブナ林が続く。そう大きな木は見られず比較的若い木が多いようだが、新緑の葉が心地よい。根元のすぐ上で曲がっている幹も多く、それだけ雪が深く重いのだろう。コナラ、カエデ、リョウブなどの落葉広葉樹が多く、秋の紅葉も見事に違いない。林床には小さい白いチゴユリの花、ナナカマドやガマズミの木の白い花が緑葉の中でよく目立つ。

登り続けて標高1081mの小朝ノ頭に着くと、眺望がぱっと開けて金糞岳の山頂が姿を現した。堂々とした山容だ。ここから鞍部に下って登り返すことになるが、目標が見えてきたので心強い。このあたりのブナは幹が太くて立派な木が多い。

新緑の秀峰に色合い深くムラサキヤシオ

1200mあたりからツツジなどの低木が優先してくる。尾根道の右手に赤紫がかった色のツツジが目に入った。長短の違いのあるオシベが10本ある特徴などからムラサキヤシオに間違いない。アカヤシオのような華やかさはなく、形もすっきりしたロウト状ではないが、紫や赤紫といった言葉で表現しきれない微妙な深い色合いだ。

このムラサキヤシオを見たのは初めてで、日本での分布地は滋賀県より東とされる。滋賀県内でも、金糞岳の北西9キロにある横山岳（1132m）に以前同じ時期に登ったことがあるが、このツツジは見かけなかった。北日本の雪渓のわきなど湿り気の多いところでよく見られるというムラサキヤシオには、雪深い金糞岳は絶好の生息地なのだろう。

標高240mの高山から歩き始めて、5時間余りで金糞岳山頂に達した。湖北での金属の精錬の跡を留める名を持つ名峰なのに、なぜか三角点も西側の白倉岳（1271m）に立てられ、この山にはない。しかし、広い頂からは北に奥美濃の山々が一望でき、その眺めだけで十分だ。

地元山岳会が整備、下山は花房尾根ルートで

下りは西側に立つ白倉岳の頂を経て高山に戻る花房尾根ルートを取ることにし、休憩はそここそこに西側の稜線を進む。シャクナゲの花が終盤を迎えている。しっかりしたロープのある岩場を越えると、金糞岳山頂から30分ほどで白倉岳山頂。金糞岳の山容がとらえられ、滋賀県側の山々がよく見渡せる。ここから南西に花房尾根を下ると、北側の八草峠に向かう道との分岐点に出るが、峠への道は笹薮に覆われ、もう通ることは困難だろう。

花房尾根の道も、5、6年前の登山者の記録には「灌木が縦横に繁っていて大変」などと書かれていた。しかし、いま実際に通っていると、道は草木に埋もれることもなく見通しがきき、赤テープや布の標識が迷いやすいところを中心につけられて快適に歩ける。かつて炭焼きなどのため使われていた山道が台風被害などで荒れ、人が通わなくなっていたところを、「浅井山の会」が10年がかりで整備したという。年2回はメンバーが草刈りなどを行っている継続の力の大きさに感じ入る。

ブナやミズナラの落葉広葉樹林を下っていくと、標高1057mの奥山に着く。名前の通り、奥深い金糞岳のそのまた奥という雰囲気のところだ。中津尾根と違って広域林道と交差することもなく、この日は出会う人もいなかった。このあたりはヤマボウシの木が多く、6月になれば、

花のように見える真っ白な包葉が樹林の中で輝くだろう。

やがてヤマツツジなど低山帯の木の花がまた見られるようになり、スギの植林が現れて里が近づいてくる。尾根を離れて沢の流れの音が聞こえてくると、出発地のキャンプ場のサイトが見えてきた。

この周回ルート、個人差はあるだろうが、8時間半ほどの長い行程で、朝は早立ちが欠かせない。しかし、時季や標高ごとの豊かな表情があり、眺望の変化も楽しめる。ほとんどの人が広域林道を車で標高1000m近くまで上がり、そこから山道を1時間ほど登って金糞岳山頂に立っているが、やはり秀峰・金糞岳は、高さと深さを味わいたいものだ。

養蚕、炭焼き…むらの生活支えた山

下山後、高山の集落で明治初めに創業した旅館「高佐屋」を受け継いだ高山佐藤繁さん（73）に金糞岳にまつわる話を聞いた。

高山のむらはかつて養蚕の中心地として栄えた。繭から生糸をつくる「糸取り」に岐阜県の旧坂内村などから多くの人が鳥越峠を越えて訪れ、結婚をはじめ交流が活発だったという。炭焼きも盛んで、ナラやホソの木を炭にしていた。高山さんは「昔の登り口だった追分には1軒に1台、計100台の荷車が並び、山に食料を運びこんだり、炭を運び出していました。子供も10歳くらいになると山の仕事を手伝うのが当たり前のことでした」と振り返る。「尾根沿いには炭焼き窯、谷筋には頂上近くまで桑畑が作られていました。昔は子沢山だったこともあり、高い場所の谷筋にも田んぼを開いていました」。今では考えられないほど、山はむらの生活を支える拠点だったのだ。

「昔は今よりずっと雪が多く、6月10日ころになって金糞岳の尾根の雪が解け、ゆるやかな斜面のノタにだけ雪が残る様子が里から見えました。これを『ノタの白雪《しらゆき》』といって、虎姫あたりまでの農家では『ノタの白雪になれば、早苗を田に植える早開《さび》きをする』ことになっていました」。山に社寺ゆかりのものがないのも、里と山とのかかわりがそれだけ恒常的で一体化していたからかもしれない。

こうした山との強い関係が断たれる転機となったのは1959年の伊勢湾台風だったと高山さんは回想する。この台風被害で山が崩れ、道が寸断されて里から山に行けなくなった。一方で決壊した河川の護岸工事が10年にわたって行われ、山に頼らなくても収入を得られるようになったという。このころから薪炭の需要が急減、長浜周辺に工場の進出が相次いだことが、里の人々の山離れを決定的にした。南側の高山だけでなく、北側の山麓のむらからも八草峠～八草越の道を通って炭焼きに上がって来ていたが、北麓からは通う人もなくなり、八草越の道も廃道になったという。

「ノタの白雪」も、地球温暖化の影響からか今は5月中にほとんどの雪が解け、田植えも黄金週間に行うようになったことから過去の言葉となってしまった。

魚が獲れるのも豊かな森があってこそ

高山さんの場合、旅館や持ち山、そして金糞岳から流れる草野川を通じて山とのかかわりは続いてきた。もともと養蚕業者らが利用していた高佐屋は、今西錦司博士が泊まるなど金糞岳登山の基地としても使われてきた。頂上の標高を示す石柱は、昭和43年（１９６８）の明治百年を記念して父の佐代右さんが寄贈、高山さん親子ら４人が12時間がかりで運び上げたそうだ。

広域林道を利用したマイカー日帰り登山が主流になってきたが、これまで山をじっくり歩きたい登山者らが「高佐屋」に泊まり、中津尾根以外の道を組み合わせたルートをとったり、麓から歩き通してきた。深い山だけに「避難旅館としての役割も果たしてきました」と高山さんは話す。

「7本の木は切っても3本の木は残すように」と言われて育った高山さんは、長年携わってきた内水面漁業組合連合会の仕事を通じて「魚が獲れるのも豊かな森があってこそ」ということを実感してきたという。

奥美濃の山々を見渡す金糞岳山頂の石柱

草野川は6月はアマゴ釣りでにぎわい、7月半ばからはアユが解禁される。「釣り客が増えているので稚魚も放流しますが、自然環境が保たれているので天然のアマゴもいっぱいいます。最近は釣り客や登山者のマナーが良くなってゴミや空き缶も持ち帰るようになったのは嬉しいですね」と高山さんは話す。金糞岳と里は、将来も新しい形でつながっていくに違いない。

（2014・5・23）

◆

2019年5月、ムラサキヤシオをまた見たいと金糞岳を同じルートで登り下りした。「高佐屋」の旅館の看板は下ろされていたが、下山後に訪ねると、主の高山さんと女将さんに変わらず、最近の山や里の様子を教えてもらった。南西の巳高山から長い尾根通しで金糞岳に登り、花房尾根を下りて来て「ここはどこです」と尋ねてきた猛者もいたという。「高佐屋」は今も頼れる「金糞岳登山の拠点」となっている。

頂上直下にムラサキヤシオ

甦る中世の伝統様式　上丹生の茶わん祭

滋賀県長浜市余呉町

滋賀県長浜市余呉町上丹生《かみにゅう》に伝わる「丹生茶わん祭」が2014年5月4日、5年ぶりに行われた。陶器の名工が、神に感謝して飾りを付けた作品を奉納したのが起源とされ、平安末期までさかのぼるという祭り。陶器や人形で物語を表現した山車の巡行、室町時代の様式を伝える稚児の舞が古式豊かに披露され、300戸、千人とふだんは静かな山里は賑わいを見せた。

午前9時半、山びこ会館から丹生神社まで神職、区長、稚児、花奴らが出発、道笛の「ちゃはる練り込み」に合わせて進む。鎧をつけ鉢巻を巻いて長い薙刀を手に行列を先導する薙刀振りの少年の表情が凛々しい。淀川水系源流の高時川にかかる大宮橋を渡り、石段を上がって丹生神社の社殿の前に着く。杉の大木に囲まれた境内にはシャガやチゴユリの花が咲いている。草木の緑の中に花奴の花笠が開き、鮮やかな大輪の花が咲いたようだ。

小学生7人が稚児舞、優雅な衣装と所作

神事に続いて舞楽殿で稚児舞の奉納が行われた。小学生の舞子7人が6種類の舞を奉納した。三役の舞のうち最初の神子の舞は留袖の着物に金冠をかぶり、棒と笹を手に舞う。鈴の舞では振袖で打掛を着て鈴と御幣を持つなど衣装や持ち物も違う。しかし、どの舞も後ろ向きとなって後

ずさりしながら舞う形は中世の舞の残りで、極めて珍しいものとされている。この足の運び方が実に優雅で引き込まれてしまう。舞子の人数の関係で、本来なら10ある舞のうち、演じられたのは、このほか八つかえしの舞、仲居指《なかいざし》の舞、構打《かまえうち》の舞、男児２人で演じる獅子の舞の６種類だったが、衣装も所作も変化があって面白い。構打の舞、獅子の舞はでんぐりがえしをするなど動的な要素も楽しめる。

奉納される神子の舞。「十二の役」が道笛に合わせ囃子を演じる

小太鼓、鉦《かね》叩き、鼓打、ささらすり、棒振り、大太鼓という十二の役があり、舞台の両袖に分かれて座る。道笛の奏でる舞笛に合わせて囃子方となり、舞が演じられる様は幽玄さを感じさせる。中でも大太鼓の装束は、竹の先に御幣をつけた巻短冊、七筋の丸帯を垂らした屋形を背負い、舞の時も行列の時も一際目に付く。

11時半に神輿が出発。３人が法螺貝を吹き、２人がかりで大鉾を運び、８人が神輿を担ぐ。大鉾は相当重いようで、力持ちの男性でも思わずバランスを崩しそうな場面も。氏子総代が最前列で切麻《きりぬさ》を撒いて道を清めながら神輿神幸の列が続き、茶わん祭の館広場に到着。七々頭岳を正面に見る広場で再び「三役の舞」が行われた。

曳山飾り　人形と陶器の絶妙なバランスに歓声

この時には、中村組の永宝山、北村組の丹宝山、橋本組の寿宝山の3基の曳山が広場前にそろっている。寿宝山の場合、芸題は「番町皿屋敷」で宙人形はお菊、下人形は青山播磨。その間を重ねた皿など主人公ゆかりの品々を組み合わせている。3基合わせて9人の山作り工匠が、昨年末から門外秘伝の技を駆使して制作したものだ。午後2時15分から御旅所の八幡神社への神輿行列。曳山3台は最後についていく。参道はそう広くなく、宙人形まで高さ10ｍの曳山が電線が架けられた個所を通過するのに梃子方も大変だ。曳山の上では、笛、太鼓、鉦の4人で構成される「しゃぎり」が囃子を奏でている。

3基は御旅所祭礼が始まった八幡神社に到着して並び、一番山から順に工匠が山飾りを支えていた竹竿の「サス」を外していく。高所で揺れる人形からサスを外すのは至難の業で三番山は難航したが、すべて外れて新緑と青空を背に巧緻な作品が浮かび上がった。これが茶わん祭最大の見せ場だ。

サスが外された３基の曳山の山飾り

甦る中世の伝統様式　上丹生の茶わん祭

稚児の舞奉納の獅子の舞が終わるとともに、午後3時すぎ、神輿は丹生神社へ還行を始める。西陽の中、花奴が花笠を広げて今回の祭りで最後の花奴踊りを披露する。昔は25歳までの男子だけで行っていたが、今は男女の中高生が受け持っている。豆絞りの手拭いをかぶり長襦袢にたすきがけで花笠を広げて踊る姿は、男女とも艶やかで、行列の花形というにふさわしい。

日が陰ってきた午後3時半すぎ、神輿は石段をかつがれて丹生神社に戻る。ここで「三役納めの舞」が行われる。舞子の中でも「神子の舞」と「鈴の舞」を舞った2人の女の子は、4回舞ったことになるのだが、疲れもマンネリも感じさせず、一回一回清新な表情で舞っているのには感心してしまう。旧余呉町の小学校で希望者を募り役は抽選で選ばれ、春休みごろから練習してきたそうだ。舞子に限らず、花奴や道笛と今回が初めてというケースが多い小中高生が、限られた練習時間の中で、一人一人の技量を高め、年代を超えたすぐれたチームプレーを発揮できるのは、伝統の祭りが持つ不思議な力なのだろう。

ずっしり重い巻短冊と屋形を背負う大太鼓役

ずっしり重い巻短冊を背負っていた大太鼓の若者は、上丹生から2時間かけて岐阜の大学に通う19歳、前回は花奴として参加した。普段は長浜市の中心部に住む大鉾を運んだ青年は「神輿は35歳までですが、その年を越えても曳山で笛を吹くなどいろいろ役目はあるので」と話す。住み方、働き方は多様化してきても、祭りへの思いはみんなのものだ。

神輿奉祭を最後に祭りは終わった。5年ぶりの祭りが無事に盛大に行われた安堵感と祭りの後の寂しさを胸に、人々は広場に戻っていく。祭保存会長の丹生善喜さんに「ふだんは静かな集落で、これだけの祭りが見られるとは思ってもいませんでした」と正直な感想を述べた。長く小学校で教えた丹生さんは「子供の数が減っていく中で、上丹生だけでなく余呉町の小学校に参加してもらいました。余呉駅と会場を結ぶシャトルバスの運行、交通整理、広場での販売など広い範囲の人々が茶わん祭を盛り立てようと力を貸していただきました。皆さんのおかげです」と話された。

舞い方など核心部分では伝統を守りながらも、舞子や花奴を女子や集落外に広げるなど時代に合わせた改革を重ねてきたから、茶わん祭は続いてきたのだろう。昼休みに「茶わん祭の館」で語り部が説明する初めての企画もあった。小さなむらの大きな力を感じた一日だった。

（2014・5・4）

伝統守りながら若い世代の担い手広げる

茶わん祭から1か月ちょっと経った6月10日、上丹生を訪ね、保存会長の丹生善喜さん（67）に祭りの運営と将来について改めて尋ねた。丹生さんは祭りを存続させるため地区外にも参加者を広げてきた取り組みの背景を説明し、「祭りが続く限り、むらが消滅することはありません」

花笠道中を艶やかに演じる
花奴役は男女中高生

と祭りが地域で持つ重みを話された。

核心部分は伝統をしっかりまもりながら時代に合った形で運営してきた茶わん祭。今回は、丹生地区の居住者や縁者に限っていた稚児や花奴を地区外の児童・生徒から広く募る新たな取り組みに踏み込んだ。舞子と、囃子方の「十二の役」を演じる稚児は少なく見ても16人は必要だが、地区内の小学生は5人。このために丹生さんらが旧余呉町の小学校を訪ね、参加を要請した。事前の練習への送迎が必要なので応募は限られ、「扇の舞」など一部の演目は削らざるを得なかったが、「参加への道筋はつけたので『今回は見るだけだったが、次は自分が演じたい』という子供さんも出てくるのでは」と丹生さんは期待する。

在所の子供でなくても、近隣の町村に嫁いだ女性の子供が囃子方に参加することが多い。練習は春休みにみっちり行い、新学期が始まってからも週末に続けるので、送迎ができる範囲ということになる。はじめは祖父母や親に勧められて渋々始めても、練習に参加するうちに、他の稚児と仲良くなったり面白くなったりして、熱心に取り組むようになるという。「最近の子供はセンスも良くて、覚えもいいですよ」。練習の仕方も、師匠から「手取り足取り」で教わっていた丹生さんの時代と違い、ビデオを活用。師匠の方からも「教えやすい」と好評だ。

旧余呉町の男女中高生を募った花奴は、友達から友達へと輪を広げる中高生の力で25人が確保された。青年会の男子だけで構成され、祭りの時は酒を飲んで演じていたという時代とは様変わりしている。「ただ、はにかむ年代なので、どうしても踊りが小さくなる傾向があります。特に男子には『動きを大きく』と言っているんですよ」と丹生さん。私は以前の花奴踊りを知らないが、中高生の男女が演じる踊りも艶やかで良かった。舞いや道中の道笛も男女の高校生が受け持ったが、袴姿が凛々しかった。

小学生にしても中高生にしても、参加した子供は役目を終えた後、「難しかったけど、たくさんの人の前でできた」という自信と満足感を語る。「祭りが子供たちを育てているんですね。参加した子供たちは、祭りが終わってからも大人にあいさつするし、大人の方もどこの子かよくわかる」。長年小学校の教師を務めてきた丹生さんは、こう話していた。

核心部分支える50～60歳代の新人

祭りの担い手の拡大は、これまでもできることから取り組んできた。山車の曳き手は事前の練習はそう必要なく、当日に指示を徹底すれば良いことから、責任者と梃子方を除き在所や縁者に限らず、地区外の知人や友人でもＯＫとし、事前に登録した人に依頼している。神輿の担ぎ手は、上丹生ゆかりの25歳から35歳までの長男という限定は残しているが、普段は町外に出ている青年も当日帰ってくるので今年は定員以上に揃い、急きょ服を注文したそうだ。

一方で、普段からの練習や高い技能が求められる分野は、やはり上丹生の在所の人が担わなければならない。曳山の上で笛、太鼓、笙を奏でる「しゃぎり」は、本来楽譜もない独特の調べだけに、祭りの年だけでなく練習の積み重ねが必要で、毎年の丹生神社の例祭にも奏でている。青年団で道笛を吹いていた経験者が、団を卒業してから30代でしゃぎりのメンバーになることが多かったが、最近は経験がなくても50、60代になってから始める人が出てきた。曳山につないだ山飾りを秘伝の業で作る「山づくり」で、３基の山づくりを９人で行う。現在の70～80歳の長老３人は20歳ごろから始めているが、今回は60歳代の新人２人が加わった。

「新人といっても、子供の時からしゃぎりの調べを聞き、山飾りを何回も見ているなどなじみがあります。定年を迎えたり、仕事が一段落したのをきっかけに『やってみたい』と自分から入ってきた人は、意欲が高いので上達も早く、先輩の協力があれば心配ありません」と、核心部分を支える中高年の新人への期待は高い。

「祭りが続く限り、むらは消えない」

祭りの将来について、地元では「３年後は難しくても、５年後には次回を開催したい」という声が強いという。「間隔が空きすぎると、山作りなど難しい技を中心的に担う人材が育たず、伝承が困難になっていく」と丹生さんは指摘する。「若い世代の担い手を広げることに道筋はつけられた」と今後の継続開催に手ごたえを感じた印象だった。

丹生へは京阪神から電車とバスを使って気軽に来られるし、丹生から東京へは日帰りで往復できるなど交通の便は悪くない。「定住のネックになっているのが冬の雪。道路の除雪がされるようになっても、家から道路までの除雪や雪下ろしは厳しい。むらから通勤できても若い人が長浜中心部に移ったりする要因になっています」という。人口の減少と高齢化は歯止めがかかりそうにない。そして、地域を揺るがしている丹生ダムの建設中止問題。ダム完成を前提とした観光開発や道路整備が宙に浮いた状態になっており、こうした課題への国や県のきちんとした対応を求めている。

地域の現況は甘いものではないが、といって上丹生が限界集落のイメージにずっと包まれているようには感じない。これだけの祭りを地区が自ら運営し、むらの出身者を集め、周辺地域の住民をはじめ広い協力を呼び込むことは、どこでもできることではない。丹生さんの言葉の通り、茶わん祭があってこそ上丹生があるのだろうし、上丹生があって茶わん祭が続いてきたのだろう。

今回は上丹生営農組合が地元の米と水を使った純米酒「七々頭岳　茶わん祭り」をつくり、私も心ばかりの志納への記念品としていただいた。組合ではこの酒を継続的に醸造・販売できるか検討している。「小さなむらの大きな力」を祭りの当日だけでなく、季節を通じて感じることができたらと思った。

（2014・6・10）

祭の将来を語る丹生善喜さん
（茶わん祭の館で）

七々頭岳への観音道　清楚にササユリの花

琵琶湖に注ぐ淀川源流・高時川沿いからくっきりとした山容を見せる七々頭岳《ななずがだけ》＝693m。茶わん祭の里・上丹生、菅並の集落から観音参りの道が上がる。ブナやミズナラの緑がまぶしい6月、落葉広葉樹林の足元には、ササユリが白い清楚な花を1輪、2輪とつけ始めていた。

滋賀県長浜市余呉町の上丹生の集落から街道を北へ進む。2005年に廃校になった丹生小学校の横を通り、道沿いのウノハナを見ながら15分ほど歩くと「七々頭岳観音参道」と刻まれた石柱が立つ登り口に着く。しばらくスギ、ヒノキの植林が続くが、すぐに急坂となって自然林の足元にコアジサイの小さな花が咲いている。アジサイの中でも装飾花のない地味な種だが、落ち着いた色合いの花、すっきりとした表情の葉が魅力的だ。

落葉樹下にササユリの花

1時間ほどで標高400m弱の尾根に出て一息つくと、ササのような葉の上に1輪、2輪とササユリの花が見えた。ほとんどが真っ白な花だが、薄紅色を帯びた花もある。赤みを含んだつぼみがところどころにあり、この山ではこれから次々と開花していくようだ。林の日当たりが悪くなったり、心ない人の採取などでササユリがあまり見られなくなったとよくいわれるが、この湖北の山で自生地が保たれているのは嬉しい。観音道ということで里の人が道沿いの手入れを程良くしていることが、生息に良い条件を保っているのかもしれない。

道沿いには明るい色のヤマツツジが続いており、花びらのように見えるヤマボウシの純白な苞が濃い緑の葉の中に浮かび上がる。尾根道を進むと南西に摺墨《するすみ》の集落が見えてくる。宇治川の先陣争いで梶原景季が乗った名馬・摺墨を産出した伝承のあるむらだ。再び登り坂となって高度を500m、600mと稼いでいくとブナの幹も太くなってきて、湖北の深山の趣が増していく。ブナの大木を見上げて急坂を越えると、道は一挙になだらかになり、広場のようになった山頂に飛び出した。登り口から休憩1回をはさんで2時間、ちょうどよい登り心地の山だ。

山頂には西林寺のお堂があり、七々頭岳観音が年2回だけ御開帳される。周囲は木立に囲まれていて眺めはいま一つだが、西側は展望を確保するためかスギが何本か切られていて、木々の間から余呉湖、さらに琵琶湖が見える。七々頭岳とはユニークな山名だが、上丹生、菅並、摺墨かららせり上がる七つの尾根を集めた頂という意味だという。その名の通り頂上からは尾根が広がり、標高以上に存在感のある山だ。ただ、頂上の西側直下にある瑠璃《るり》池は、その美しい名と「膚にできものができた舞手の乙女が頂の観音様に祈願し、お告げで清水で清めると膚がきれいになった」という伝説にひかれて急坂を下りたが、水たまりがあるだけ。ただ、「瑠璃池の水がすっかり減ってきたと古老の方が言われていました」と下山後に聞いたので、あながち「誇大表示」ではないようだ。

急坂を駆け降り菅並の集落に

菅並への下り道は、お堂の裏手から北東に向かう尾根道をたどる。北寄りへの尾根道もあり、道標があるのでこちらを取ると道が消えて植林地に迷い込んでしまうので間違えないよう要注意だ。正しいルートは、高時川東岸の横山岳（１１３７ｍ）などの山並みを見ながら広葉樹林の間を抜っていく快適な道。ササユリは見られなかったが、ヤマツツジ、ヤマボウシ、コアジサイは再び楽しめる。ただ、終盤の植林地に入ると急な下り坂が予想外の難関、手で枝をつかんだりして慎重に下りる。下り始めて1時間で、「七々頭観世音参道」と書かれた手作りの木の看板が掛けられた菅並側の登山口に下り立った。

ここから3キロほど北の上流域に丹生ダムが計画され、水没地域とされた鷲見など4集落が１９９６年までに廃村となった。ここ数年のダム見直しで、丹生ダムは建設が一層不透明になっているが、ここ菅並は予定地手前の集落。高時川沿いと七々頭岳の間の谷あいに田畑が広がり、60戸ほどの家並みがある。上丹生よりさらに北で雪が多いためか、屋根もより急勾配の典型的な余呉型民家が目立つ。バス停の場所を教えてもらった年配の女性は「この年になると足も弱って山にはよう上がれませんが、里で拝ませてもらってます」と話していた。

「ななすさん」とつながる茶わん祭の里

菅並から上丹生までコミュニティバスで戻って、「茶わん祭の館」を見学した。山飾りを含め高さ10mを超す曳山のレプリカ、行列や舞で使う衣装や楽器を展示し、祭りの世界に触れられる。ほかにも、丹生ダム建設計画で移転した集落の民家の建材を使って余呉型民家の内部を復元、雪深い山あいのむらで営まれてきた暮らしを紹介している。

「茶わん祭の館」前から仰ぐ七々頭岳

館員の丹生道子さん（64）に、七々頭岳と里の人のかかわりについてうかがった。「七々頭岳は上丹生の正面から見え姿形も良く、『ななずさんに雪が三度降ったら里に雪が降る』と言われ、里と一体となった山です。毎年4月18日と11月3日には観音様が御開帳され、『ななずまいり』といって上丹生から山に登って参拝してきました。4月にはまだ雪が残っているので、当番の人を入れて少しですが、11月には家族そろって登る人もいて大勢がお参りします」という。ななずまいりの日の少し前には、区長の指示で5、6人が上がって草刈りを行う。

さらに「11月3日には、この1年に生まれた子供を連れて登る『成子《なるこ》まいり』も行われていて、33年前には私も2月に生まれた長男を連れて夫と登りました。家でつくったぼた餅とお酒をお供えとして担いで上がり、他のお参りの人に分けられました」。その長男は今は上丹生を離れているが、茶わん祭には「25歳から35歳の長男」と決められている神輿かきの任を果たすため、必ず帰郷するという。

山の恵みに感謝、正月二日の「山まいり」

里と山のかかわりでは、正月二日に行われてきた「山まいり」についても説明してもらった。二つの石を縄でくくったものを家の男の人数分作って、持ち山や山仕事で入る山の木の枝に掛けて山に供える習わし。山に入った時に履物につけて持ち帰った石や砂を、山に返す意味があるそうだ。丹生さんの婚家は林業や炭焼きなど山で生計をたてる家ではなかったが、「山菜採りなどで里の誰もが山の恵みを受けているのだから」と10年ほど前まで裏山で「山まいり」を続けていた。

長浜市の「茶わん祭の館」は、「丹生茶わん祭保存会」が管理・運営している。展示だけでなく、丹生さんら上丹生の女性2人が交代で在館、暮らしに根付いた解説をしてくれ、茶わん祭をはじめ、地域で受け継いできた宝を広く伝えたいという志が感じられた。開館は原則土・日だけだが、七々頭岳から下山後に立ち寄れば、より充実した山行になるだろう。

（2013・6・9）

＊次の茶わん祭は？　茶わん祭はこの2014年5月以来開催されていないが、もちろん、この年で最後になったということではない。丹生茶わん祭保存会に尋ねると、「2022年以降に、規模を縮小した形ででも実施したい」方針で保存会役員は合意しているという。ただ、開催には上丹生区の了解が欠かせず、1年前の2月には決めなければならないので、いつ開催できるか見通せない。

この6年間も、祭りの伝統を継承する取り組みは続けられてきた。2015年の「日本の祭りｉｎ秋田」と2016年の「日本の祭りｉｎながはま」に参加し、山づくりも行った。余呉小中学校では、ふるさと科体験学習の中で、鼓、鉦など囃子物の楽器演奏や稚児舞に取り組み、2019年8月には丹生谷文化財フェスタで練習の成果を披露した。

現保存会長の城楽直さんは、「祭りの時と比べ、練習の時間や密度で完成度の違いはありますが、子供たちが伝統の技を学び、人前で演じる機会をできるだけ持てるようにすることで、茶わん祭の伝承につながれば……」と話している。

＊上丹生営農組合が2019年度から「農事組合法人七々頭ファーム」に発展、酒の小売免許を取り、4月から直売所などで純米酒「茶わん祭りの里　七々頭岳」の販売を始めている。

（2020・6・5）

クリンソウとアカヤシオ、里から華やぐ笠形山

兵庫県多可町

２０１８年の黄金週間序盤の４月29日、３年ぶりに東播磨の秀峰・笠形山（９３９ｍ）へ。南から西からいろんなコースがある中、東側の兵庫県多可町から登るのは初めて。毎年この日に「笠形山登山」を開いている麓の同町大屋地区から案内ハガキをいただき参加した。

アカヤシオの花開く笠形山山頂に

鹿子《かのこ》神社前に設けられた駐車場から出発地点のネーチャーパーク笠形まで、ボランティアの地区住民が自家用車３台でピストン輸送。区長さんのあいさつ・注意と体操の後、午前９時にスタートした。

林道から小滝をかける谷道をさかのぼる。別の谷が合流して落差８ｍを落ちる清冽な勝負滝、落差15ｍの高さのある龍ケ滝が続く。ともに新緑の中を落ちる名瀑だ。林道を横切り、急坂を登って尾根に取り付き、「龍の背」という岩場をこなすと、出発から２時間で明るい頂上だ。下りコースとしては２回経験済みだが、改めて山のいろんな要素が詰まり、ほどよく体力を使ういいコースだと思う。

播磨、丹波の山々をバックに、薄紅色のツツジ・アカヤシ

オの花が開いている。ツツジの中でも深山の岩場だけに見られ、兵庫県では笠形山と雪彦山だけで見られるという。今年はどの花も1週間早めで満開は過ぎているが、何とか間に合った。アセビの小さな白い花もいっぱい垂れている。

下山後の鉢植えと草餅も魅力の登山会

まだ昼前なのでゆっくりと下山。これから登りにかかる参加者も多く、4歳の女の子もお母さんに連れられてしっかり登っていた。谷筋の「保護地」のクリンソウは2、3株見られるだけで、まだ花は咲いていなかった。林道に出てから川沿いに自生のクリンソウがぽつぽつ咲いていた。

ゴールして下山届を出すと、自生の種から地元有志が育てたクリンソウの鉢植えをお土産にもらえ、女性陣手づくりの豚汁と草餅のふるまいを受けた。今年の参加者は4歳から83歳までの131人。自分のペースに合わせて登り下りできるのも、28年続く人気の理由だろう。林道に〝救急車〟を待機させるなど安全に気を配り、温かいもてなしをする大屋のみなさんには「ほんまおおきに、ご苦労さん」の気持ちだ。

受付にいた区長・市位裕文さんに話を聞いた。この「笠形山登山」は、世帯数100戸からなる大屋地区がむらおこしにと住民が運営一切を行う。一度参加すると翌年も案内状を出し、事前予約もいらないので、常連の参加者が多いそうだ。行事で大きな役割を担っているのが市位さんら地元有志でつくる大屋ボランティアサークル＝OBS。鉢植え200株もメンバーが用意した。

市位さんの話では、クリンソウの保護・育成に40年以上取り組んできた藤田忠次さんがこの3月、91歳で亡くなられていた。お宅を訪ねると、四十九日の法要で留守だったが、隣接した育成地で30株ほどのクリンソウが開花していた。通りがかった近所の人に「藤田さんが亡くなられても、花が咲いていますね」と声をかけると、「あるじなくとも春を忘るな」と返された。「『若い人がクリンソウの育成を受け継いでくれたのは、本当にありがたい』と藤田さんは話されていました」という話で、悲しみの中に明るさが見えた気がした。藤田さんが去っても、大屋地区からクリンソウが消えることはないだろう。今回もらった鉢植えでは、ぜひ開花してほしいと思った。

（2018・4・29）

海軍電測学校から帰郷、山中で再び見つけた宝

笠形山東麓のクリンソウの育ての親ともいえる藤田忠次さん。2010、12、15、16年と、自宅庭に谷水を引いて設けた栽培地で満開のクリンソウを見せてもらい、花への情熱とともに、戦争中の昔にさかのぼって話をうかがった。

藤田さんは高等小学校を卒業して家の仕事をしていた18歳の時、太平洋戦争の激化で海軍に志願、昭和19年9月に神奈川県藤沢市で開校した海軍電測学校に入った。日本が米国に大きな後れを取っていたレーダーの開発・探知・操作要員を養成しようと、大急ぎで郊外の広大な農地を造

成してできた学校だ。

一番記憶に残っているのは、昭和20年5月の横浜大空襲。その時、藤田さんは学校の普通科を終え、実戦配備待ちだったが、猛爆下でB29のレーダー探知を続けて高度などを算出し、校内に配備されていた高射砲部隊に伝えた。横浜方面が燃え続けるのを見たが、撃墜したのは1機に留まった。墜落した米機を調べると、レーダー探知を避けるために機体に雲母を張り付けるなど対策をとっていることがわかった。

藤田さんの同期は、前半・後半に分かれ、まず前半が戦線に配備されることになり南方に向かう途中、米潜水艦に沈められた。藤田さんら後半組も続く予定だったが、その前に終戦になった。「上官に殴られて死んだ仲間がおり、上の兵隊は報復を恐れて終戦とともに逃げて行った。軍隊生活にはいやな思い出がある。一方で、世間はこういうものかと知り、こうした体験があったから今まで来られたかとも思う」と藤田さんは振り返り、「やはり同期の半分が死んだことが今も忘れられない」と力を込めた。

急坂は後押しの代燃車、観光バスで遠方巡る

9月に郷里に戻って地元の兵庫県土木事務所に勤務。林業では昭和10年代からトラックが入っていて、車の運転に関心があった藤田さんは正式に運転免許を取得、好きな運転を仕事にしようと神姫バスに入った。当時はガソリンも軽油もなく、木炭や薪を燃料にする代燃車の時代。三木

の急坂ではパイプに水がつまって動かなくなる。乗客もよく心得ていて、頼まれなくても下りてバスを押した。

やがてディーゼル車が復活し、昭和30年代になって生活が落ち着いてくると会社は観光バスに力を入れ始める。藤田さんも試験を受けて観光バスの運転手になり、２人１組で西は鹿児島、東は東京まで回った。仕事は面白く、給料も良かったのでずっと続けるつもりだったが、父が年をとり、共有林の手入れなどむらの役を自分がしなければならなくなった。観光バスの運転手は長く家を空けなければならず、上司から慰留されたが退職。播州織の工場を始め、一時は「ガチャマン景気」でにぎわった。

谷あいに保護地、自宅庭に育成地設け再生

50歳前に山を歩いていてクリンソウに目が留まった。12歳のころに父に連れられて入った山で群生していて心に残った花だが、自生地が荒らされ、ほとんど見られなくなっていたことに衝撃を受けた。当時は名前もわからなかったが、西脇の学校の先生に教えてもらい、「再びクリンソウの広がる山にしよう」と保護活動を始めた。「水に恵まれた笠形山に自生していたクリンソウも、日本が豊かになって山野草ブームが起きた昭和50年ごろから、盗掘でめっきり減っていたのです」。谷の下流に保護地をつくり、自宅の庭には谷水を引いて育成地として、少しずつ保護地で自生するクリンソウを増やしていった。

育成地のクリンソウを見守る藤田忠次さん

これまでクリンソウの花が咲く季節には、地元の小学校の児童がこの育成地を訪ねて、クリンソウを通してふるさとの自然を学んできた。鉢を持って地元の小学校を訪れ、育て方を教えたこともある。４月29日の「笠形山登山」には、参加者へ渡す記念品として育成地で育てた２００鉢を用意してきた。

冬は笠形山南面の村人３、４人と組んでイノシシ猟に山を駆け回ってきた藤田さんも高齢で足腰が弱り、山に登るのは難しくなってきた。２０１３年からイベント向けの育成も次の世代に引き継いだ。それでも、今も30株ほどは育て、毎年楽しみに見に来る人もいる。海軍電測学校、バス運転手と、戦中・戦後にさまざまな経験を踏んだだけに、故郷の山で再び見つけた宝・クリンソウへの想いは強かったのだろう。

（２０１５・５・13）

炭焼き、大根、育牛…貸農園の名アドバイザーに

ネイチャーパーク笠形では18年前から農園つき別荘を年契約で貸し出し。20戸のうち18戸を阪神圏の家族が借りている。４月29日の登山に参加していた70代の女性は宝塚から週１回車で通い、

野菜作りをしている。大屋区長の市位裕文さんによると、地元の人たちや、借り手どうしのコミュニケーションも活発で、別荘から発展して空き家を借りて定住を始めた人もいるという。

貸農園が始まった時から、借り手の都市住民に野菜の作り方などを基本から教え、頼りにされてきたのが藤田克治さん（86）。万願寺トウガラシやナスビの植え付けをしていた藤田さんに、助言の土台になる多彩な農林業の経験を訊ねた。

高温の窯で焼き上げた広葉樹の白炭

終戦の時、藤田さんは14歳。父が病に倒れたため長男として炭焼きなどで家を支えた。和歌山県の紀州備長炭に使うウバメガシではなく、地元の山に豊かに育っていたミズナラやクヌギなどの落葉広葉樹。３０００度もの高温になる窯の中に木を放り込んで焼き、窯口から外に取り出して消火した。別の穴から出る煙の色で温度を判断した。大屋の炭はこの製法の白炭がほとんどだったが、枯れた松の木を使った黒炭では、自分自身が水をかぶって窯の中に入って炭を取り出した。炭焼き小屋に泊って焼くのではなく、裏山から笠形山の上までいろんな場所に窯を作って、シーズン中は日々通った。

焼いた炭の見本は自転車で西脇の問屋に運んだ。戦後しばらく炭は冬の暖房の主役、京都の茶道の家元や大阪・堂島の名店でも重宝された。耕地の少ない大屋では江戸時代から炭焼きが盛んで、大屋炭と呼ばれて舟で加古川を下って運ばれ、灘の酒造りにも使われたという。長年積み上げた信頼もあったのだろう。

当時は広葉樹林がずっと深く、笠形山から流れ落ちる谷川にはアマゴがいっぱいいて地元ではヒラメと呼んでいた。カワウナギも奥まで遡ってきて、美味しかった。広葉樹の落葉が豊富にあったから、魚のえさとなる虫が育つことができた。

しかし、昭和30年代に入って経済成長が続くと、炭の需要は減少の一途をたどった。一方で国の拡大造林の政策でスギやヒノキの植林が進められ、広葉樹林は伐採されていった。その時に伐られたナラやクヌギを焼くのが、炭焼きとしての藤田さんの最後の仕事となった。

涼しい気候生かし良質な牛肉や大根

炭焼きに限らず、藤田さんはさまざまな仕事に取り組んだ。大根づくりを熱心に研究し、旧野間谷村の品評会では何度も表彰された。自分の田だけでなく、広い範囲の刈取り作業などを引き受けた。播州織の工場も経営した。

肉牛10頭を飼っていたこともあった。生まれたばかりの子牛を買入れ1年間肥育して、若齢牛の肉とする飼い方だった。耕運機の普及で牛が農耕用に使われなくなってきたため、こうした若齢肥育が広がっていた。大屋地区は夏涼しいので、牛の食欲は夏場も衰えず、いい肉になると市場の評価も良く、藤田さんは意欲的に取り組んだ。しかし、農協が飼料の購入や牛の買入れ資金まで規制を強めてきて、生産者より組織の利益を優先していると感じ、育牛から撤退した。

クリンソウとアカヤシオ、里から華やぐ笠形山

貸農園の開始以来、自然と利用者の相談が集まるようになった藤田さんだが、「栽培も自分流にやりたい人が多く、アドバイスと言っても、いろいろ兼ね合いがある」という。定年退職後に農園を始めたが、「歳を取って車で通うのがしんどくなってきた」と辞める人もでてきている。状況の変化はあっても、藤田さんは利用者の農作業を温かく見守っている。浮き沈みはあっても、大屋の地ならではのいろんな分野の仕事に取組み、研究を続けてきた豊かな経験が信頼を呼ぶのだろう。

（2018・4・29）

◆

大屋区が運営してきた「笠形山登山」は、残念ながらこの2018年で終了となった。コース沿いの「保護地」のクリンソウは、水害の影響からか、その後あまり花が見られないという。一方、2020年の春、他の谷筋でクリンソウの広い群生地が見つかり、地元では期待が高まっている。

都市化の中残った宮山のコバノミツバツツジ

大阪府豊中市

阪急・豊中駅から箕面の山並みに向かって箕面街道を自転車で北へ進むと、住宅が建ち並んだ左手の丘陵地に緑に包まれた森が見えてくる。宮山の名の通り、この地に鎮座する春日神社の鎮守の森だ。神社前で自転車を下りて北側に沿った坂道をゆっくり上がれば、宮山つつじ園の入口がある。春日神社から豊中市が用地を購入して１９８６年に開園、地元の人たちでつくる宮山つつじ保存会などが管理、４月上旬からの花見時に10日間だけ無料公開している。

ツツジの花見を楽しむグループ

鎮守の森と隣り合わせの２６００平方ｍの敷地で、10分あれば広場や遊歩道を1周できる小さな園。１５００本ものコバノミツバツツジが繁り、赤紫の花で埋め尽くしている。花の咲いた後で小さい葉が３枚出て輪生するのでこの名があるが、すでに花が終わって出ている葉もあり、明るい緑葉の中で花がよく映える。

西日本の山の明るい斜面によく自生し、３月末に六甲山に登った時にも、芦屋ロックガーデンの岩場でよく咲いていた。しかし、市街地のなかでこれだけまとまって見られるのは珍しい。入口すぐのテントで保存会の人たちが明るく迎えてくれたので、園の歩みについて尋ねた。

都市化の中残った宮山のコバノミツバツツジ

子供が遊び場にしていた万代池
＝高瀬浩坦さん提供

今朝のメンバー6人のうち最年長は、昭和6年生まれの高瀬浩《ひろ》坦《やす》さん（82）。4歳の時、桜井谷交番勤務となった警察官の父に連れられて以来近所に住んでいる。「今は住宅地となっている園北側の丘もコバノミツバツツジが広がり、一面がつつじ山でした」という。江戸時代に春日神社を整備した安部摂津守が「領民の楽しみに」と植えて広がったと伝えられるツツジ。戦前の阪急電車の沿線ポスターを見た時、「萩の寺」とともに「宮山」が記載されていたが、メジャーな花どころだったこともうなずける。ツツジだけでなく桜も。「春日神社の前には松の幹の途中から桜の幹が伸び、『松桜』と呼ばれて多くの見物客が来ていました」。

「近くには牛若丸が顔を映したと伝えられる鏡が池があり、石橋駅の名所案内板にも書かれていました」と高瀬さんの思い出は広がる。「奥まったところにひっそりたたずんでいたので、実際に訪ねる人は多くありませんでした。父は非番の時、よく魚釣りに行っていました」。「鏡が池はスッポンがいると言われたので近づかなかったが、コイやフナがいた万代池ではよく水中鬼ごっこをした。私は潜りが得意だったので、水深4～5mを潜って逃げた。田んぼへ水を入れる樋があり、吸い込まれると溺れてしまうので怖かった」。鏡が池、万代池などの池も、戦後、箕面自由学園の開校をはじめ一帯の開発が進んで埋め立てられた。

4月18日は学校も半ドン、家族で花見

老人会の「日和会《にちわかい》」で受付に来ていた田中千鶴さん（73）は、昭和14年に生まれて以来この地の移り変わりを見てきた。「終戦直後の食糧難の時は、この林でドングリを拾い、小学校で集めて店がパンにしたものを食べていました」。大阪万博までは千里丘陵まで田畑や竹林が広がっていた。この地の花やタケノコは評判が良くて豊かな農家が多く、タケノコ掘りの時期には小学生の田中さんも親戚の農家に手伝いに行っていた。

一番の思い出は4月18日の「山開き」。「この日は小学校も昼までで、家族揃って弁当を持ってツツジの花見に行きました」と田中さん。「青年会の人たちは、仕事を終えて夕方から加わる人もいて深夜まで盛り上がっていました」と高瀬さんは振り返る。

一時は消滅危機、保存会と老人会で枝打ちや清掃

しかし、時代の変化がツツジに影を落としてきた。戦争中や戦後の混乱でコバノミツバツツジが切られたうえ、ツツジ山の多くの部分が宅地に変わった。さらに、以前は枝木を薪炭に使ったり、落ち葉を堆肥にしたりするため農家の人が森に入っていたが、高度成長でこうした慣行がなくなったため、シイやナラなどの木が繁茂してきた。陽当たりが悪くなると、ツツジの成育も衰

都市化の中残った宮山のコバノミツバツツジ

え、一時は40本ほどと消滅寸前になったという。

こうした事態に春日神社、地元の人々、豊中市が話し合い、鎮守の森の一部を市が公園として買収し、地元住民が保存会をつくって管理することになった。6年前から宮山つつじ保存会会長を務める竹原修さん（71）は「新しいツツジの植栽や、日照を妨げないように他の樹種の枝打ちなど、手におえないこと以外のことは市に頼らずにやっています」と話す。8、9月には水やり当番を決め、週2回、3人が1時間半かけて水やり。月1回は枝打ちなどの力仕事をしている。

宮山つつじ園の世話をする地元の人たち

朱色の花のヤマツツジも4、5本あり、タラノキ、アセビ、ネジキなどの樹木には名札をつけているのでわかりやすい。

メンバーの中心は退職後の男性。金属加工業を営んでいた竹原さんは、大阪市から移って40年以上だが、仕事に追われていた時はつつじ園があることさえ知らなかった。知人のすすめでまず神社の「鎮守の森を守る会」に入り、保存会にも活動の場を広げた。「小学校の同級生にも声をかけて花見に来てもらっています」とPRにも熱が入る。

園内の清掃は女性中心の老人会「日和会」が担当。「落ち葉をそのままにしていくと、土に養分が行き渡りすぎて、ツツジにはかえって良くないので、きっちり掃除しています」と田中さん。開放時には保存会と一緒に受付をする。「見に来てもらうだけで嬉しいので、初めてお目にかかる方でも、来られた時と帰られる時の挨拶は欠かしません」。

10時半ごろからは地域の一人暮らしの高齢者グループ「桜の会」のメンバーが集まり、花の下で弁当を広げながらおしゃべりを楽しんでいた。会長の伏田幸枝さん（90）は「終戦直後に嫁いできたころ、4月18日に花見に来ていたのが一番の思い出です。月2回地域の会館で集まっていますが、毎年この時期にツツジ園に来るのがみんなの楽しみですね」と話していた。来園者がツツジの枝にかけた短冊には「友と出会い　話がはずむ　つつじ山　正子」とあった。

身近な自然が生きる鎮守の森

つつじ園を出て再び春日神社に下りた。社殿前のソメイヨシノと枝垂れ桜は葉桜へとうつってきている。本殿の裏には山神社など6社があり、明治維新時の神仏分離を免れた薬師如来をまつる薬師社もあって地元の信仰を集めてきた。このあたりにもコバノミツバツツジが繁っていて、花越しに東の千里中央方面の市街地が遠望できる。

社殿前につつじの献木の呼びかけがしてあったので、社務所を訪ねると、渡邉正好宮司（69）が「鎮守の森にもツツジを取り戻そうと募っています。ツクバネガシなどツツジ以外にも貴重な樹種があり、森全体として大切に守っていきたいと思っています」。今でも「鎮守の森を守る会」が手入れを続け、ナラの原木を使って育てたシイタケを祭神に供えたり、参拝者に分けたりしているという。「杜の中で子供たちに自然の動きを教えてもらったり、木を生かしたものづくりにつながれば」と渡邉さんは話していた。

伝説の池は埋められ、松桜はマツクイムシで枯れ、田畑も住宅や商店に変わった。しかし、箕面街道を渡って道を東に進むと立派な農家や寺が続き、豊かな近郊農村のイメージが浮かんでくる。春日神社のすぐ北側では大量の須恵器の詰まった6世紀の窯跡が見つかった。つつじ園と鎮守の森には、人々が営々と築いてきた丘陵と里の風景が受け継がれている。

（2013・4・9）

◆

2018年10月の台風21号で、豊中市の保護樹林に指定されている宮山神社の社叢林の樹木が多数倒れた。損壊した山神社など3社の屋根は氏子らの奉賛で翌年修復されたが、林の再生は時間をかけて続けられている。

阪神大震災乗り越えた会下山のラジオ体操と桜

神戸市兵庫区

平成7年（1995）1月17日、大地震が襲った神戸市兵庫区の街並みの中に浮かぶように広がる会下山《えげやま》公園。街の人々にとって最も身近なお花見どころだったこの丘には今年も1500本の桜の花が咲き進んでいた。

会下山の花越しに望む神戸の中心市街地

私にとって、花の季節にこの丘の坂道を登るのは28年ぶりだ。新聞社の駆け出し記者として恒例の「サツ回り」（所轄警察担当）を始めたのだが、その最初の持ち場が200mほど南の兵庫署だった。気さくな街の雰囲気になじんで所帯を持っての住まいは、丘のすぐ南の松本通のマンションを選んだ。阪神大震災の時は他所に移っていたが、2か月後に訪ねて地震後の火災で焼け野原になった通りを見て呆然とした。

午前7時前にその松本通を西へ進んでいくと、運動スタイルの年配の方々が次々降りてくる。「会下山ラジオ体操会」のメンバーの人たちかと思って尋ねると、そのとおりで「体操は6時半から10分で終わるんですよ」と言われ、朝の早いのに驚く。坂を登って一番上の広場につくと、他のグループの人や夫婦連れが思い思いに体操やウォーキングを楽しんでいた。上り口も東西南北から何か所もあり、人が絶えることはない。

お目当ての桜はほとんどがソメイヨシノ。まだ三分咲きくらいで、今年は10日過ぎでも花見が楽しめそうだ。特に珍しい品種があるわけではないが、会下山の花見の魅力は花越しに見る眺め。一番高いところは標高85m、南面は東から西へ神戸の市街地が見渡せる。一方、北側に回れば菊水山など西六甲の山並みの眺めが楽しめる。

楠正成が九州から逆襲してきた足利尊氏の大軍を迎え撃とうとして湊川の戦いでここに陣を敷いたこともうなずける。山頂広場の手前には昭和5年に建てられた「大楠公湊川陣之遺蹟」の巨大な碑が直立している。神戸の在郷軍人会が建て、揮毫者として「元帥伯爵東郷平八郎」の名も刻まれている。皇国史観の評価は別として、戦争に向かう中、楠正成が精神高揚にどう利用されてきたかを見る貴重な遺跡となっている。

被災者に食材、ガス復旧と同時に料理店再開

撮影場所を探してうろうろしていると、「この階段のあたりからが一番いいですよ」と前から散歩してきた人が声をかけてきてくれた。会下山の北の菊水町に住む黒木栄一さん（77）。中華料理店を70歳の誕生日にたたんでから毎朝1～2時間歩きに来ている。一緒に歩きながら話をうかがうと……。郷里の鹿児島でマグロの遠洋漁業船の乗組員だった黒木さんは20歳で神戸へ。希

望していた造船所入りはかなわず、新開地の中華料理店に入った。父の反対を押し切って出てきた以上帰れないと懸命の働きが認められ、10年後にのれん分けをしてもらった。阪神大震災では店が半壊、食器がほとんど割れ、中華料理に不可欠なガスが47日間止まったため休業を余儀なくされたが、この間は食材を被災者に提供し、やる気を奮い起こして再建の融資を受け、ガスの復旧と同時に営業を再開した。朝から晩遅くまで店に打ち込んでいた時も、一息ついた時に会下山に来ると心がほっとしたという。

黒木さんはこの3月の彼岸、全線開業したばかりの九州新幹線で父の墓参りに帰郷した。「40過ぎで帰郷した時、父が『よう頑張った。お前は間違ってなかった』と言ってくれました。今回は鹿児島まで3時間半で着きましたが、20時間かけて神戸にやって来た時のことを思い起こしました」と話して散歩を続けた。年配の方にとって会下山の花見は節目の年のことを思い起こし、自らの立ち位置を再確認する時でもあるのだろう。

頂上広場には、「ラジオ体操会」が震災当時の会下山と麓の街の被災状況を示した写真36枚を展示していた。焼け野原となった松本通、塔柱が倒れ落ちた楠公の碑、会下山公園に並んだ避難所や仮設住宅と貴重な記録の中で、何よりも心を動かされたのは、被災6日後に体操に集まった4人の姿だ。

写真の横には「東日本大震災義援金御協力ありがとうございました。￥123，777」と張り紙されていた。「あすにも市役所に届けるんです」と体操会のメンバー。誰よりも震災の厳しさと復興への力を知っている人々の思いのこもった贈り物だろう。

「桜の雲」の樹勢に衰え、若返りめざす

昔からの話をうかがおうと、公園のすぐ南東の麓に住む山中敏夫さん（82）を訪ねた。牧野坂を下ると会下山小公園というこじんまりした公園が別にあり、「会下山遊園」と書かれた明治36年の大きな石碑が建てられている。5年前まで「ラジオ体操会」とともに「会下山公園管理会」の会長を長年務めた山中さんによると、この会下山遊園がツツジの名所として有名だったという。但馬の兵庫県和田山町（現・朝来市）生まれの山中さんは昭和16年に神戸に来て兵庫区の大開通にあった兵庫県立神戸工業学校＝県工＝で学んだが、その時会下山に駆け上がった印象では、桜の名所という記憶はない。

昭和30年代初めに「神戸印刷若人会」の青年らがソメイヨシノの幼木を植えたのが、会下山公園を神戸きっての花どころに押し上げたきっかけという。その木が育った昭和40年代から50年代が会下山の桜のピークで「このころは兵庫駅からでも『桜の雲』のように見えました」という。

しかし、ソメイヨシノは成長も早いが老化も早く、昭和から平成に入ると衰えが目立ってきた。震災の仮設住宅が撤去された平成11年末には、「ラジオ体操会」を母体に会下山公園管理会が発足。同会を中心に、桜の苗木を植えたり、水やりなど世話を続ける「サクラの園づくり」を進めてきた。

（2011・4・7）

ファンが後押し、牧野富太郎の研究所跡整備

会下山には、「植物の神様」牧野富太郎ゆかりの意外な史蹟がある。先の会下山遊園の碑を眺めて西へ折れると、「牧野富太郎　植物研究所跡」と刻まれた本の形の石碑がある。「花在ればこそ吾れ在り」という彼のことばも復刻されている。建物を模した休憩所もあり、誰もが知っている植物学者・牧野富太郎とこの地のかかわりについて説明している。第一次大戦中の大正5年（1916）に研究費がかさんで生活に困窮した牧野が標本を売却しようとしていることを知った神戸の資産家・池長孟が援助を申し出、所有していた建物を池長植物研究所として標本の展示や研究拠点にした。

研究所をイメージした休憩所と見つかった「会下山館」の門柱

池長の関心が南蛮紅毛美術に移ったことなどから2人にすれ違いができ、昭和16年には標本が牧野に返還され、研究所は公開されないまま閉鎖された。それでも「援助の手を差し延べた池長孟らがいなかったら植物標本も残せず、世界の植物学者牧野富太郎はなかった」と、神戸時代の牧野の足跡を研究してきた元小学校長の白岩卓巳さんは強調している。

休憩所横には、スエコザサが植えられている。牧野が昭和2年に仙台で見つけた新種で、生活面で支えながら翌年

亡くなった妻の寿衛子に感謝を込めて名づけたササだ。また牧野が神戸に来た時の常宿として池長が坂の下に建てた「会下山館」の石の門柱も置かれていた。

「県工から会下山に上がる時に見た研究所の建物はよく覚えています」という山中さんは、白岩さんらと力を合わせて牧野の足跡の復元に取り組んだ。とりわけ、震災後は復興のまちづくりの中で地元の動きが高まった。スエコザサは会下山町内の牧野ファンや高知県出身者が中心となって高知市の牧野植物園から寄贈してもらい、震災10年の平成17年にここに植えた。

倒壊した常宿の門柱、処分地で見つかり里帰り

「会下山館」の門柱は地震で倒壊、がれき処理の中で行方不明になっていたが、小野市の処分地で見つかり、昨年秋に左側が研究所跡、右側が会下山館近くの川池公園に戻ってきた。牧野生誕１５０年の同24年には町内の要望を受けて、牧野が命名したノジギクなど牧野ゆかりの植物20種が加わった。

「役所の職員の中にも牧野ファンが多く、熱心に取り組んでくれました」と山中さん。牧野が会下山を拠点に六甲山をはじめ近畿各地で実地指導や講演会を重ねて植物愛好者のすそ野を広げたから、没後何年たってもファンが絶えないのだろう。桜だけでなく94種類の植生が見られる会下山は牧野富太郎を学ぶのにふさわしい場所だ。

（２０１１・４・７）

震災25年、慰霊に続きこの朝も10分の体操

阪神・淡路大震災から25年の令和2年（2020）1月17日朝、始発電車で神戸市兵庫区の会下山公園に向かった。「会下山ラジオ体操会」が毎年、公園山頂広場の海員万霊塔前で慰霊の場を設けていると聞いていたので、今年の1・17はここからと決めた。

まだ暗い中、神戸高速大開駅から坂道を上がった。地震が起きた午前5時46分には間に合わなかったが、6時過ぎに塔の前に着くと、集まった人々が順々に焼香している。世話役の男性に「おはようございます」と線香を渡してもらい、合掌した。

あの日から25年の朝もラジオ体操

続いて6時半からの体操にも参加した。

合間にお話しした近所の林篤子さん（87）は「地震では私も夫も無事でしたが、すぐ近くの方が亡くなられました。家は半壊し、近くの学校に設けられた避難所に移りましたが、震度4の余震が続き、出入り口が一つしかないので怖くて、『半壊で不安はあっても、同じ死ぬなら家で』という気持ちで自宅に戻りました」。「再建は大変でしたが、2年くらいして『閉じこもっていると体がどんどん弱くなる』と思うようになり、誘われてこの会に入りました。全然知らない人でも毎朝顔を合わすと自然と友だちになり、3日ほど行かない日

阪神大震災乗り越えた会下山のラジオ体操と桜

が続くと『どないしたん』と帰りに声をかけに寄ってくれるんです。バス旅行などの行事も楽しみで、夫とともにこの25年を元気でやってこれました」と振り返っていた。

山中敏夫さんは２０１５年に逝去され、４代目会長の平口正治さん（73）にうかがった。震災時は東京に単身赴任中で、会下山の北側麓の家にいる家族とは電話がなかなかつながらなかった。半壊と聞いて５日後に神戸に駆け戻ったものの電車は西灘までしか運行しておらず、そこからは歩いて家にたどり着いた。平口さんは1年後に神戸に戻り、ラジオ体操会に復帰。２００６年に山中さんの後を引き継いで会をまとめている。

震災被害やその後の区画整理で転出した人も多く、一時５００人いた会員は減ってはいるが、１５０人は維持している。「冬の日々異なる美しい日の出、春は桜・椿・ツツジと次々咲く花々、緑いっぱいの木々、南側は海や空港まで眺められる素晴らしいところで体操や踊りができ……毎日感謝です」（「会下山ラジオ体操会60周年記念誌」より）という格別の場所も魅力のようだ。

役員25人が毎朝交代で４人ずつ〝出勤〟し会場を準備、終了後は一人ひとりの参加証に押印し、片づける。みんなで動いて活動を支えるしっかりした体制も、震災を乗り越えてきた力だろう。

令和２年の１月17日も体操はいつものように10分ほどで終わったが、温かいうどんの鍋が用意され、参加者は集まって震災25年を語り合っていた。

慰霊碑の前には、「神戸印刷若人会」が４年前に植えたソメイヨシノが育っている。こうした幼木への水やりや草刈りなど「会下山公園管理会」の活動も途切れず続いていく。

（２０２０・１・17）

春呼ぶ鬼が躍動、長田神社の追儺式

神戸市長田区

節分に「鬼は外」と豆まきで追われる鬼と違って、神の使いである7匹の善鬼が炎で災いを焼き尽くす長田神社（神戸市長田区）の追儺《ついな》式。室町時代からの形を伝える貴重な神事だ。長田区といえば平成7年（１９９５）の阪神大震災で大きな被害を受けた地域だが、その翌年には再開した。震災20年の２０１５年、２月３日午後２時から特設舞台で行われる本番だけでなく、２日午後の鬼役の練習、３日朝の須磨海岸でのみそぎと事前の行事から見せてもらった。

２日午前10時ごろ、長田神社の境内を訪れた。舞台と同じ広さの区画が縄で仕切られ、黒の紋付羽織に白い襟巻をかけた人たちが準備に動き回っている。この神事を取り仕切る追儺式奉賛会の皆さんで、副会長の大久保暁さんに日程や今年のハイライトを教えていただいた。鬼の中でも大役と呼ばれる餅割鬼は中村伸一さん（50）、準主役の尻くじり鬼は息子の中村浩亮さん（25）で、父子でコンビを組むという。

伸一さんは鬼役の奉仕9回、他のすべての鬼を演じた人だけが務められる餅割鬼役は二度目だ。ふだんは会社勤めの伸一さんは「今回は震災20年の節目の年。街が大変な時期を経てきたことを想い起こし、平和とみんなの幸せを願って神の使いとして厄を払いたいです」。鬼役奉仕３回目の浩亮さんは「これまで務めた呆助鬼、青鬼と違い、主役と合った独特の動きをしなければなりませんん。父子で演じるのは長い歴史の中でもなかったそうで責任は重いですが、家族も喜んでいます」。初めての奉仕で呆助鬼を務める工務店経営平野祐允さん（35）は「奉賛会の方に声をかけてもらって手伝うようになり、鬼役として奉仕して厳しいところに身を置くことで、自分自身も成長できると思いました」と意気込みを語った。

父子で鬼役コンビ、本番同様に前日練習

午後1時から鬼役は裏手の井戸で禊《みそぎ》を行い、素っ裸で33杯以上かぶる。ここだけは幕が張られ撮影禁止だ。白褌姿になった鬼役のうち、まず呆助鬼、姥《うば》鬼、青鬼、赤鬼、一番太郎鬼が松明《たいまつ》に見立てたわら束を持ち、歩き方、舞の動作と練習。それと入れ替わって尻くじり鬼と餅割鬼が練習する。

これまで屋内で3日間練習をしているが、広い舞台を想定した本番同様の練習は、この日と当日朝だけ。奉賛会会長の西本隆一さんら鬼役ＯＢの指導役が厳しく見守る。本番と同じように太鼓と法螺貝を奏でるが、囃子方を務めるのも鬼役経験者だ。

「鬼の動きが法螺と太鼓に乗っているかどうか。また、鬼役の間で技量、経験にばらつきがあるので、動きが合っているかを確かめます」と西本さん。途中、餅を柳の大枝に付けた餅花を鬼役が拝殿まで運んで、両柱に飾り付ける。合間に井戸水の禊を重ねながら、練習は夕方まで続いた。

「寒いより痛い」海中の禊、7人一列に声かけ合う

節分の2月3日、午前8時に須磨海浜水族園裏の砂浜で待っていると、長田神社に泊まり込んでいた指導役・世話役、鬼役と神職が到着した。まず、杭を立てて禊にかかわる場所を仕切り、焚火も用意する。白褌一つの鬼役の7人は砂浜を疾走して海に駆け入って肩がつかるほどの深さのところで7人が一列に肩を組み、大役の餅割鬼役の発生で声をかけ合いながら身を清め、また浜に駆け戻った。焚火で暖をとりながら海につかること7回、潔斎を終えた。職の計測では今朝の水温は7度、気温は5度で、水温はまだ温かい方だという。「水温が低い時は寒いというより痛い感じですが、何度も入って声を出し合えば肌に赤みがさしてくる。そうなれば禊を終えると判断します」と指導役の方。餅割鬼役の中村さんは「海につかると、これから神事が始まるぞと気持ちが切り替わります」と話していた。引き続いて呆助鬼、姥鬼、青鬼、赤鬼、一番太郎鬼の鬼役は砂浜に並び、最後の練習で仕上げた。昨日と比べてもさらに気合いが入り、5人の動きがぴったり合ってきた。

当日朝、須磨海岸での仕上げ練習

長田神社北西の福聚禅寺で行われる「太刀合わせ」に向かう。ここの主役は幼稚園児から小学生の男の子5人が奉仕する太刀役。自分が差している太刀を抜いて鬼役に渡す「太刀渡し」と、鬼役から太刀を受け取り鞘に納める「太刀納め」の舞台を前にした練習の総仕上げだ。介添えをする肝煎《きもいり》の大久保裕章さんを中心に指導が続いた。今年初めて太刀役を務めるのは6歳の子で、和装のお母さんが頼もしげに見守っていた。

昼食後、午後零時過ぎに鬼役、指導役、世話役、続いて太刀役が神社へ入る「練り込み」のために「鬼宿」に集まる。昔は旧家、ここ40年は神社裏手の長田西山会館だったが、今年は長田商店街脇の事務所としたため、多くの人が見に集まってきていた。行列は竹を引いた先達の神職2人、奉賛会長、法螺貝の囃手、肝煎、太刀役、最後に鬼役が続いた。鬼役は鬼になった時につける褌にする白木綿をほおかむりのようにして頭の上に丸め、左右に足を広く出す独特の歩き方でゆっくり進む。八雲橋を渡って宮入りする。

光と闇交差、「十二か月の餅」割りフィナーレ

午後1時の節分祭の後、鬼役の7人は本殿奥の鬼室で鬼衣に着替え、神の使いである鬼になる。午後2時に太鼓、法螺貝の音が鳴り響き、いよいよ追儺式の本番だ。まず赤い面をつけた一番太郎鬼が松明を手に舞台東端に登場。西端まで「一人旅」で歩いて演舞し、これを3回続ける。その後は、赤鬼、姥鬼、呆助鬼、青鬼、一番太郎鬼の順で現れ、5匹そろっての演舞を二度行う。

4時前に右手に松明、左手に斧を持った餅割鬼が登場。大役だけに面も角が3本、歯も鋭く迫力がある。直後に尻くじり鬼が腰に鎚、左手に大矛を持って舞台に上がり、餅割鬼に合わせて演舞する。

このように7匹の鬼といっても、5匹と2匹ずつに分かれて動いているのが特徴だ。片足になって股を高く上げたり回転する動作もあるので、鬼役は相当の体力がないと務まらないだろう。鬼の演舞だけでなく、ずっと奏でられる太鼓と法螺貝の囃子は重要な要素だ。松明を取り替える世話役の動作も絶妙だ。

このあと、太刀役の5人が肝煎とともに東端に立ち、次々上がってくる五鬼に太刀を渡す「太刀渡し」を行い、演舞が終わった五鬼からは西端で太刀を返してもらう「太刀納め」に当たる。昼前の「太刀合わせ」でみっちり仕上げただけに、子供たちは堂々と務めていた。

御礼参りで演舞する一番太郎鬼

餅割鬼、尻くじり鬼の2回目の舞が始まる頃には夕闇が迫り、五鬼の「御礼参り」では松明の炎が映えてくる。そして夜のとばりが下りた午後6時過ぎにはク

最後を締める餅割鬼

ライマックスの「餅割の儀」が始まる。五鬼が完全に退出した後、餅割鬼、尻くじり鬼が登壇。舞台中央に置かれた「日月の餅」と「十二か月の餅」を割ろうとする。餅割鬼は木斧を尻くじり鬼の木槌と交換するが、うまく割れない。再び取り換えた木斧で「十二か月の餅」を割ると、両鬼ともあっという間に舞台をかけ下りた。

「追儺式」本番だけでも午後2時から7時まで5時間にわたる神事。さすがに全部を通して見る人は少ない。繰り返しの部分が多いので冗長に感じる人もいるだろうが、これが神事であり、古くからの形を残している所以だろう。

今年は前日からの行事も見られたので、精進潔斎して練習を仕上げて本番の舞台に結実させていく過程がとらえられた。そして、子供から年長者まで地元の人々が一つになってつくりあげているこの行事が、大震災の年を除いて途切れることなく続いてきたことがわかる気がした。

（2015・2・2、3）

気持ち一つに　阪神大震災の翌年から途切れず

追儺式から8日後の2月11日、奉賛会会長の西本隆一さん（68）を訪ねた。鬼役を16回務め、2年前に奉賛会長になった西本さんは長田神社門前の果物屋さん。まずうかがったのは、終戦後の4年（1946〜49）と阪神大震災の年（1995）を除き、追儺式が途切れずに続けられてきたことだ。

阪神大震災で長田神社は大鳥居4基が倒壊、社殿が半壊し、被災者150人の避難所となった。門前の商店街・市場もほとんどが全・半壊した。こういう状況では震災から2週間後の追儺式が取りやめになったのはやむをえないが、「翌年も店の再建が大変な中でよく再開できましたね」というのが率直な問いだった。

「節分には追儺式が当たり前だったので、翌年は『まだ大変な時やからできない』という話は出ませんでした。それと追儺式の鬼はもともと厄を払う鬼。こんな時こそ追儺式で震災の厄を払ってほしいという声が地元の人たちから多く出ました」と西本さん。こうした願いに加えて、奉賛会というしっかりした組織があったから、困難な時期も乗り越えられたという。

戦後、5年ぶりに復活する際に追儺式を担う奉賛会を結成、地元の氏子を中心に幅広く寄金を集めていたので資金面での障害はなかった。「地元がよくまとまっていたことが追儺式を続けられた要因でしょうが、追儺式を行うことで、困難な時期に気持ちが一つになりました」と振り返る。

神事の継続性支える役割分担

2日、3日を通して見て、追儺式が鬼役だけでなく多くの役で進められていることがわかったが、役割分担がどう展開していくかもたずねた。追儺式の全体的な運営、特に財政面は奉賛会が担うが、行事の遂行を主に担うのは鬼役を3年以上務めた人に資格がある「かんあけ会」だ。

その中でも行事に精通した人が指導役となり、鬼役の指導に当たる。世話役は法螺貝や太鼓の囃子方や鬼の先導、松明の取り換えなどを行う。追儺式が確実に続くように、囃子方は法螺貝と太鼓のどちらもできるように練習している。

演舞を見守る西本隆一会長

舞台に欠かせない太刀役は、鬼役と少し流れが違う。幼稚園児、小学生の男児から選ばれる太刀役は、大きくなると鬼役になるかと思っていたが、その例は少ないとのことだ。太刀役の指導・監督を行い、舞台で介添えをする肝煎は太刀役経験者から選ばれる。

鬼役や太刀役にはなっていないが神事に奉仕したい人は、舞台に上がる前の鬼に肩を貸して支える「肩入れ」など舞台下での補助役を務める。こうした役割分担も神事を続けていくうえで重要な要素なのだろう。

「基本は変えず、時代に合わせて進化」

追儺式の進め方は、禊の場所が長田区東尻池の浜から須磨海岸に移るなど、時代時代によって変わってきた。西本さんは「基本は変えず、時代に合わせ進化させていきたい」と新しい取り組みを探っている。かんあけ会会長としては、鬼役の選任が重い責任のある役目だ。かつての「旧長田村に本人か親かが30年以上住む長男」という条件は取り払っているが、冷たい水で禊をし、長時間踊る鬼役は誰でもできるものではない。一度鬼役を務めた人は続けてやりたいという希望が強く、40代になっても体力があり、今のところ担い手不足という多くの伝統芸能が抱える問題はない。一方で、「将来を見据えると新陳代謝は欠かせない」と新しい鬼役を入れるのも必要だ。今では、地元につながりがあれば他区の居住者でも、補助役などの経験から適性があると判断した人を鬼役に選んでいる。

また、奉賛会の活動、特に財政基盤を固めていく上では地元の理解と協力が不可欠。今回、長田神社に練り込む出発地点の鬼宿を商店街わきの事務所にしたのも、練り込みをはじめ追儺式の魅力を地元からもっと知ってほしいという願いからだ。西本さんは周辺の小学校4校の3年生の地域学習で出前授業している。「近所でも追儺式を知らず、行ったことがないという親子も多いので、小学生の間に一度は伝えたい」。

ユニークな節分行事として追儺式の知名度が広がってきて「もっと深く知りたい」という声が強まってきた。奉賛会では、2014年から節分の舞台だけでなく、前日の練習も積極的に公開することにした。「伝統にそぐわない」という意見もあったが、西本さんが幕の中で多くの人が練習を見ている戦前の写真を見つけ、「練習から見せる方が追儺式の伝統」と理解を得た。練習といっても指導役、世話役は黒の紋付羽織に白の襟巻の正装で臨む公式行事の場だ。「人から神の使いの鬼になっていく場を見ることで、感じてもらえるものがあれば……」と西本さんは話している。

追儺式は1970年に兵庫県の無形民俗文化財に指定されているが、神事とともに古い形を伝える民俗芸能としての評価は高く、国指定への昇格も視野に入ってきた。秋には兵庫県立芸術文化センターでの公演がリクエストされており、「芸能としてのスキルも向上させていきたい」と将来を見据えている。

（2015・2・11）

日本の潜水業リード、「南部もぐり」の里

岩手県洋野町種市

青森県横断の終点・八戸から盛岡に戻る途中、洋野町種市《ひろのちょうたねいち》を通った。東日本大震災で惨禍を受けた岩手県の三陸沿岸で最北端の地。そして種市といえば朝ドラ「あまちゃん」にも出てきた「南部もぐり」の聖地だ。ダイバーの端くれとしては、通り過ぎるわけにはいかない。

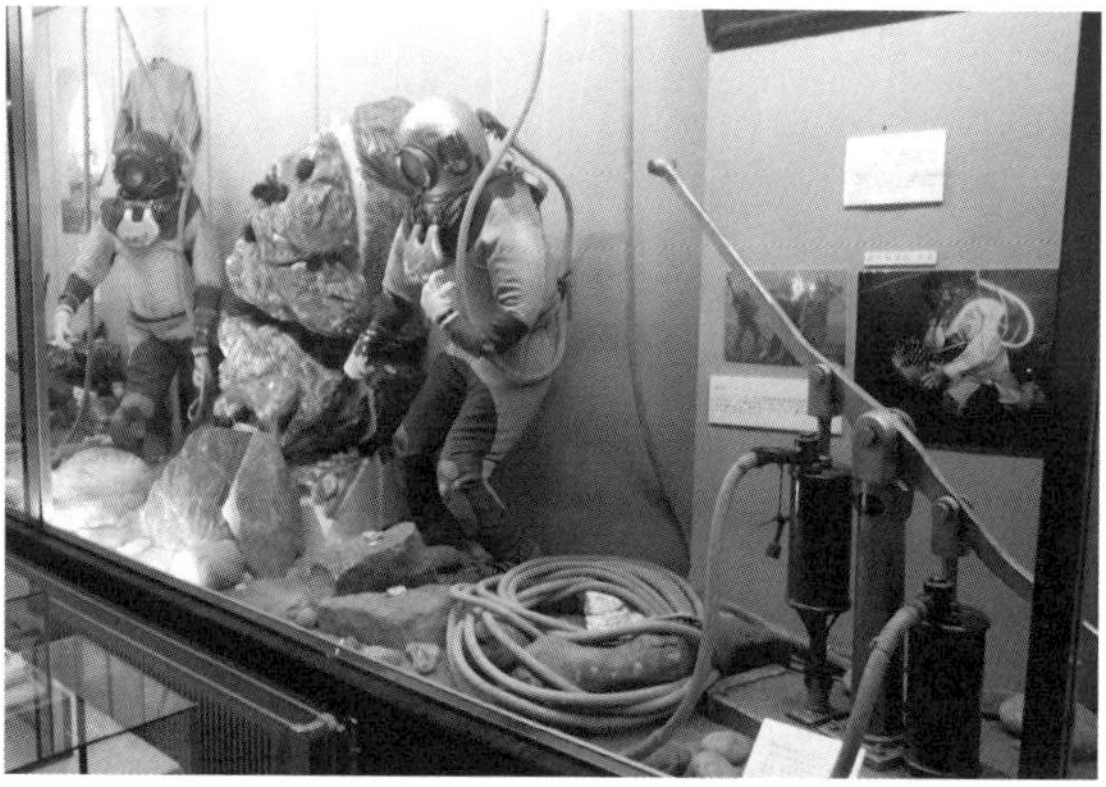

手押しポンプでヘルメット式潜水器具に空気を送る南部もぐり

旧種市町役場隣の種市歴史民俗資料館に入ると、南部もぐりで使うヘルメット式潜水器具をメインに展示している。隣室におられた「九戸歴史民俗の会」会長で、南部もぐりの歴史に詳しい酒井久男さんに説明してもらった。

スキューバと違い、南部もぐりは鉄製ヘルメットとゴム製の服で完全に密封され、船上のポンプからホースで潜水士に空気が送られる。動き回るには不便でも、何時間でも海中にいられるので、沈船の引き揚げ、港湾工事などは断然、この方式で行われるそうだ。潜水士と船上のメンバーのチームワークが重要で、以前はモールス信号を応用してロープを動かして伝達したが、今は通信機を使う。

ヘルメット（17キロ）、潜水靴（17キロ）、鉛のおもり（2個

で30キロ）、服などと合わせて総重量は80キロに達する。安定した状態で作業をするのには必要という。

貧しさ脱け出す高収入も潜水病に苦しむ

この地で「南部もぐり」が始まったのは、明治31年に沖合で貨客船が座礁した事故がきっかけ。解体を請け負った「房州潜り」の潜水士から、作業員に雇われていた当時26歳の磯崎定吉が技術を習得したことが始まりだった。

磯崎から教えを受けた弟子がさらに普及を進め、組合を作って全国の沈船現場に出稼ぎした。昭和29年の青函連絡船・洞爺丸沈没など多くの海難事故でも、南部もぐりの潜水士が遺体引き揚げに当たった。危険で過酷な仕事だけに収入は高かったが、潜水病に苦しむ人が多かった。

種市に南部もぐりが広まった背景には、明治になってからの貧しさがあった。農業はヤマセによる冷害があり、主な産業だった製塩業も西日本の塩田でつくられた塩の流入や、専売制度の確立で壊滅した。北海道のニシン漁に出稼ぎに行く人が多くなったが、低賃金で労働環境は劣悪だった。

南部もぐりはホヤの採取など漁業にも使われ、今でも男性の漁業者2人が行っている。漁獲効率が良すぎて乱獲につながるので、使う範囲や時期は厳しく制限されている。種市の場合、もともとの素潜りも海女でなく男の海士が行っていた。

戦後すぐ徒弟制度脱し、高校に養成課程

「この種市だけが戦後すぐに徒弟制度を脱し、科学的な養成システムを始めたんです」と酒井さんは強調する。戦後処理で艦船の引き揚げが増え、会社組織による潜水作業が主流になってきたことも背景にある。昭和27年には久慈高校種市分校潜水科を発足させ、全国のサルベージ業界や海洋土木業界に人材を送ってきたことが地元の誇りだ。今は岩手県立種市高校海洋開発科となり、全国から志願者を受け入れている。資料館から北に戻った海岸沿いにあり、立派な実習棟が建てられている。「あまちゃん」のヒロイン・アキがあこがれる種市先輩の通う「北三陸高校潜水土木科」のモデルということもあり、再訪を期した。

（2017・8・19）

種高祭で潜水体験、重量70キロを生徒が支える

「南部もぐりの里」岩手県洋野町種市を2か月後の10月14日に再訪、日本の高校で唯一、潜水士養成の課程を持つ県立種市高校の文化祭で南部もぐり体験をした。ショップが盛んに体験ダイビングを開くスキューバと違い、装備が大がかりな南部もぐりの体験は困難かと思っていたが、恒例の「種高祭」で一般人歓迎の体験潜水を行うとのことで急ぎ駆けつけた。

日本の潜水業リード、「南部もぐり」の里

実習棟2階の潜水プール前で受付を済ますと、さっそく潜水服に着替え。水が入らないので着衣のままでいいが、タオルを頭に巻き、防寒とクッション用のウールのベストを着て厚手の靴下を履く。ベストの柄がユニークなのは、家族や近所の人が毛布を使った手作り品だからだ。

潜水服はドライスーツよりずっと厚く重たい。さらに首まわり数カ所を金具でしっかりとめて水をシャットアウト。装着は1、2年生が2、3人がかりでやってくれるが、最後の金具の締め具合は先生の厳しいチェックが入る。

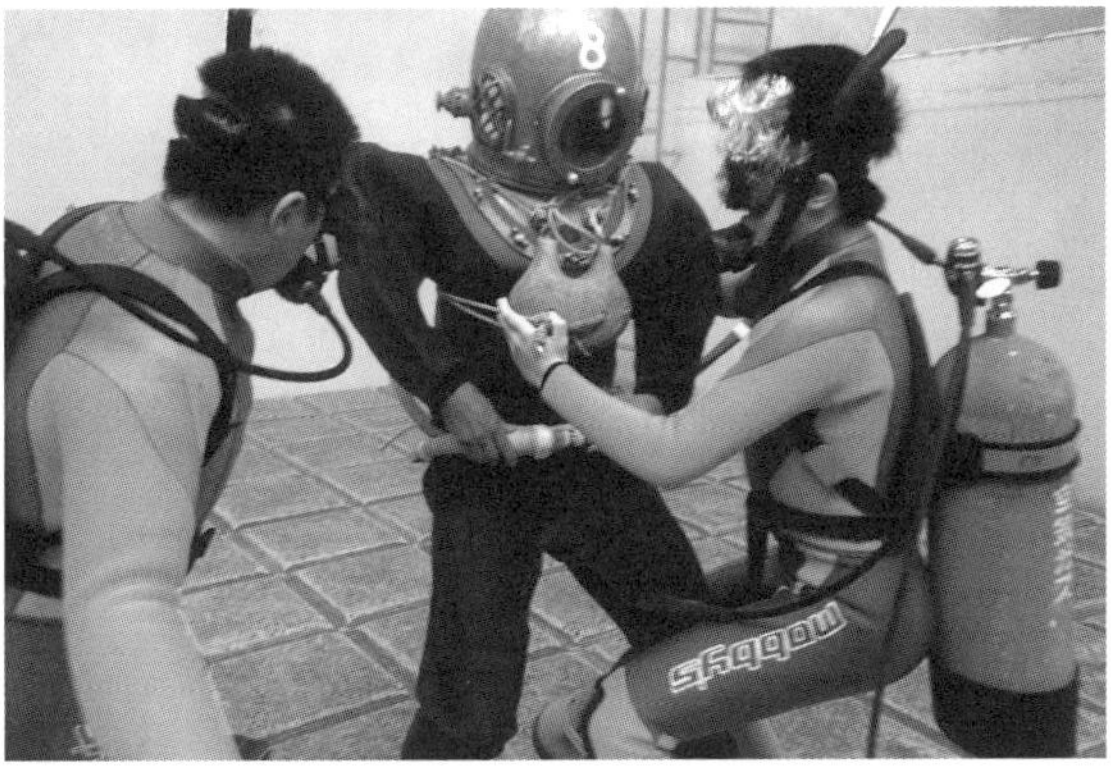

南部もぐりスタイルで実習プール水底に

重い靴を履いてロープで締め、首の前後に計30キロのおもりをぶら下げて、ハシゴをそろりそろり。途中で記念撮影を受けた後、上から頭をすっぽり包むヘルメットをかぶらせてもらう。「ヘルメット右上に排気ボタンがあるので、頭を押し付けるようにして排気してください」と無線で先生の指示が流れてくる。

水深1mから3mまで下り、3年生のスキューバダイバーに姿勢を整えてもらう。総重量70キロの装備だが、なかなか安定しないので、生徒の支えでそろりそろり歩く。円形窓の前で、建物外からのぞいている見学者に披露して3mプールを一回りして元の場所に戻る。ハシゴを上がって重い装備を外してもらった。水中は10分足らずだったが、スキューバと異次元の体験ができ、満足した。

器具の扱い、チームワーク…基本学ぶには一番

プール横の部屋に展示してある南部もぐりと海洋開発科の資料や装備を見学した後、指導していた横葉和浩先生に話をうかがった。プールは3m、5m、10mの3段階あり、ここで十分訓練を積んだ後、実習船「種市丸」に乗って海で潜る。プール訓練でもまず安全性を徹底。教諭6人が見守るとともにモニターで集中監視をしている。

一方で、どんな状況でも、自主的な判断ができるようにするのが大切。この体験潜水のサポートも、できるだけ生徒に任せるようにしている。1回で1、2年生の5、6人が装着、3年生の6人が潜水をアシストしている。体験潜水は学校のPRだけでなく、それ自体が生徒の力量を高める教育なのだ。

学科の中では、南部もぐりだけでなくスキューバダイビング、マスク式潜水も学ぶ。実際の潜水作業では、長時間潜水が可能で機動性もあるマスク式潜水を使うことが多くなってきているが、「器具の扱い方、空気のコントロール、安定姿

生徒が自主的に体験潜水サポート

勢のとり方、チームワークなど潜水の基本を学ぶには南部もぐりが一番です」。

全国から志願、「他の高校ではできない経験」

学科への入学者はもちろん地元が多いが、全国に門戸を開いている。プールサイドで装着している2年生の湯山康平さん（17）は横浜市の出身。父は大工で海と直接関係ないが、海底ケーブルの敷設に従事している兄の姿を見て、自分も潜水士になって海で働きたいと種市高への進学を志願した。先生の家に下宿して通っており、共通の目的をめざして学んでいるので、出身地が違うといった気持ちは全く感じないという。「中学の同級生と会って話しても、『他の高校ではできないことをやってるんだ』という気になります。一般の人に南部もぐりを教えることで、手順を再確認でき、勉強になりました」としっかりしている。

展示室で見たように、潜水以外にも測量や溶接など船の解体・引き揚げに必要な技術も広く学び、資格も取得できて教育内容は充実している。ただ、潜水士の「危険できつい」イメージが敬遠され、40人の定員割れが続いているのが悩み。人材確保が迫られる潜水業界の拠出で寮を完備することになり、海洋国・日本を支える若者が、全国からより多く集まることが期待される。

大阪湾の海底で働いてから先生に

せっかくの種高祭なので、普通科の生徒の展示も見学し、実習棟前で店開きしている海洋模擬店で焼きそば、焼き鳥を買ってお昼に。海洋開発科教諭で同高レスリング部顧問の濱道秀人先生も、名物のイカポッポをはじめＰＲ販売中。今年はイカが不漁だったが、卒業生の協力で何とか確保できたそうだ。

種市高ＯＢの濱道さんは、卒業後大阪市にある日立造船の関連会社に就職。南部もぐりの技を生かして働いたが、「郷里に戻って後輩たちを教えたい」という気持ちが強まり、教員資格を取得した。海洋開発科の先生は、一度就職して海中での実務を経験した後、教員になる人が多いという。

種市高は高校レスリングの強豪で、全国大会が8月に大阪で開かれるので、濱道さんは部員を引率して毎年大阪を訪れるといい、大阪からの見学者を歓迎してくれた。私も、遠い地だった種市がぐっと近くに感じられた。実際、種市高ＯＢとは全国津々浦々の現場で出会えるそうだ。

印象的だったのは、潜水具の装着と水中歩行をサポートしてくれた生徒たちの真剣な表情。海を舞台にした活動をめざす若者にとって、有力な進路として選べる学校には違いない。校門を出て南の種市漁港に係留中の実習船「種市丸」を見て、南部もぐりの里にさよならした。

（２０１７・10・14）

◆

潜水業界の人材育成につながる種市高校の寮は２０１８年４月にオープン、２０２０年７月現在、海洋開発課の１～３年生14人が寮生活を送る。東北、関東出身者が多いが、関西からも２０１９年春、兵庫県尼崎市から１名入寮した。２０１９年度から７代目の「種市丸」が配備され、最新の潜水技術に対応した実習が進められている。

雪解けの早坂高原に「マタギの木」

岩手県岩泉町

北国が春を迎える5月、前年8月の台風で多くの犠牲を出した岩手県岩泉町を訪ねた。盛岡からの西側入り口は、城下と三陸沿岸の小本《おもと》を結ぶ小本街道の最大の難所だった早坂峠。標高919mの早坂高原ではシラカバ、ブナなどの落葉樹林の足元でカタクリやキクザキイチゲなど春の花々が咲き広がっていた。

積雪期は閉められ今月再開されたばかりのビジターセンター前には、「南部牛追い唄発祥の地」記念碑が建てられている。岩泉方面から塩・魚・鉄など、盛岡方面から米やワラ製品などが牛で運ばれた歴史を伝えている。

ここで岩泉町観光ガイドの泉山博直さん（73）と同町観光協会の若手女性スタッフと落ちあって、高原の植物を中心に教えてもらった。セラピーロードという散策路があり、3歳と1歳の姉妹の孫を連れて歩ける緩やかな道だ。そのあたりに今一面に広がっているのがカタクリの花。うつむき加減に紅紫の花を開く姿は、関西の山でもおなじみだが、これだけ高密度で広がっている群生地には驚いた。日陰には雪が残っており、黄金週間前にはもっと積もっていたという。雪解けを待って、どっと花が開いたのだろう。

今ではさすがに根を片栗粉にすることはなくなったが、若葉は料理によく使われるという。雑草がはびこると成育できないので、6月の終わりごろには岩泉町全域のボランティアが草刈りを

カタクリの花にとまるヒメギフチョウ

して生息環境を守っている。
今目立っているのはキンポウゲ科のキクザキイチゲ。雪解け後に一斉に咲きそろうそうで、花の色は白、紫、淡い赤紫とさまざまで、微妙な色合いの変化が何ともいえない。ナニワズという優雅な名の小低木も黄色い花をつけていた。マイヅルソウはつややかな葉を広げてきており、5月下旬から6月に向け、さらに花が開いていくだろう。
黄と黒のだんだら模様の鮮やかなヒメギフチョウがカタクリに飛んできて、人目を気にせず蜜を吸っている。ウスバサイシンの葉の裏に産み付けられた卵がかえり、幼虫がその葉を食べて成長し、羽化したのだ。ウスバサイシンの減少でなかなか見られなくなったこのチョウ2羽と出会えたのは幸いだった。

大切に使われてきたシナノキ

このあたりはシラカバ、ブナ、ダケカンバの落葉広葉樹が混じっている。さらに1キロ北へ向かうと、樹齢500年といわれるシナノキの大木が道路わきに立ち、周囲にシナノキの樹林が育っている。町の案内板によると幹回り8・1m、樹高17m。岩手県内でも有数のシナノキの大木という。老齢で支柱で支えられているが、新しい枝や葉が出ているので生命力は旺盛なようだ。樹皮に油分が多いのでお盆の灯火に使われるダケカンバなど他の落葉広葉樹もだが、シナノキは人々にかかわりの大きい木だ。こちらでは「マタギの木」と呼ばれていた。こっそり猟で森に入るマタギが「この木の皮をはぐために森に行く」といっていたことが名前の由来という。

泉山さんは「私が子供のころは、シナノキの樹皮で編んだ蓑を使っていました。時期や場所を選んで採取し、技巧のいる伝承の技だったんですが、今では作り手が途絶えてしまいました」と残念そうに話した。戦後、樹林を切り開いて放牧地にした際も、ブナは伐採してもシナノキは切らなかったそうだ。後で、岩泉町中心部のうれいら商店街の工芸店でシナノキ製の蓑がかけてあったので尋ねると、「もう作る人がいないので、展示品として一つだけ置いています」とのことだった。

早坂高原のシナノキの大木

「『マタギの木』など地元独特の植物の名が使われなくなり、消えようとしています。木と人間のかかわりが込められている名が多いので記録して残していきたいと思っています」と泉山さんは話していた。

雪解けの早坂高原に「マタギの木」

子供好きな泉山さんは、子供たちに楽しみながら自然環境の働きを教える「こどもエコクラブ」の結成に当初から参加。自らも植物の名やしくみを学びながら、20年以上地元の子供たちを指導し、「いずじい」と呼ばれてきた。

「先日、幼稚園の年長組と近くの山に散歩に行った時、子どもたちがミズナラについた赤っぽいヒメリンゴみたいなものを見つけて持ってきました。ブナノリンゴタマバエという虫が作る虫こぶでした。皆さんは『気持ち悪い』などというのですが、いろんな種類があり、形もさまざまで、おもしろいんです」。早坂高原のスズランやマイヅルソウが満開となった6月にいただいた便り。子供と一緒に植物の世界で遊ぶ「いずじい」の姿が目に浮かぶようだ。

牛方に追われて隊を組んで街道を往来した南部牛は見られなくなったが、その血を受け継ぐのが短角牛だ。明治になって米国産種と掛け合わせて生まれた肉牛で、夏の間は早坂高原で放牧される。高原に上げられるのは5月中旬以降、昨年10月から里に下りているので、牛は見られなかった。

早坂峠越えの道は狭くて急カーブが続くというので、少し盛岡側に戻って２００７年に開通した早坂トンネル（３１１５ｍ）を通った。廃校を活用した「道の駅　三田貝分校」の給食室で「短角牛入りカレー」を賞味、台風被害を乗り越えて３月に再開した国天然記念物の鍾乳洞「龍泉洞」に向かった。

（２０１７・５・５）

参考文献

少飛会歴史編纂委員会「陸軍少年飛行兵史　正編」少飛会　1983
防衛庁防衛研修所戦史室「戦史叢書本土防空作戦」朝雲新聞社　1972
防衛庁防衛研修所戦史室「戦史叢書本土決戦準備九州の防衛」朝雲新聞社　1967
太刀洗平和祈念館「証言大刀洗飛行場」福岡県筑前町　2010
古典と民俗の会「和歌山県古座の河内祭り」白帝社　1982
岡本太郎著、山下裕二編「日本の最深部へ」ちくま学芸文庫　2011
東海甲飛13期会　記念誌「我らの航跡」同会事務局　2002
後藤宏「きのくに百余話」アガサス　2004
「由良町誌　上」同編纂委　1995
池本護「由良町内の軍事戦跡見学ガイド」2020
九条の会ゆら「由良町内戦争軍事遺跡ウォーキングマップ」2009
高橋健男「新潟県満州開拓史」2010
加藤聖文「満蒙開拓団」岩波書店　2017
雑誌・伊勢人「竹内浩三が見たＮＩＰＰＯＮ」伊勢文化舎　2007
小林察「定本竹内浩三全集　戦死やあはれ」藤原書店　2012
西浜久計ほか「『港町から』第4号　紀州・日高」街から舎　2010

「古座川町史　民俗編」町史編纂委　２０１０
内山りゅう「アユ　日本の美しい魚」平凡社　１９９８
多田繁次「兵庫の山やま　総集編」神戸新聞出版センター　１９７７
「青垣町誌」青垣町　１９７５
朝倉隆ほか「村と森林」岩波書店　１９５８初版
神姫バス株式会社「神姫バス50年史」１９７９
全国燃料会館編纂委「日本木炭史」１９６０
編集委「新但馬牛物語」フェスタinひょうご実行委　２０００
茶わん祭保存会編「丹生の茶わん祭」２００２
白岩卓巳「牧野富太郎と神戸」神戸新聞総合出版センター　２００８
岩手県高等学校社会科研究会日本史部会「岩手県の歴史散歩」山川出版社　２００６
中村政則・森武磨編「年表昭和・平成史」岩波書店　２０１２
日本山岳会「新日本山岳誌」ナカニシヤ出版　２００５

あとがき

私自身の時をさかのぼると、山を下りた後や花どころの写真を撮り終えてから土地の人々の話を聞くようになったのは、20世紀から21世紀の変り目のころ、50代に手がかかるころでしょうか。それから20年ばかりの文を読み直したり、画像を開いたりするうち、炎天下の白い街道を先に歩いて奥まった店を教えてくれた人、藪をかきわけて山上の崩れかけた対空陣地まで連れて行ってくれた人などの表情が浮かんできました。「個人情報保護」の動きが進んできたこの間、突然の未知な訪問者をも受け入れ相手にしていただいた方々に感謝します。

訪れたところは日本列島のまだまだ一部ですが、どんな場所にも、すごい魅力的な人々がいると驚かされてきました。社会や産業構造の転換の中で、自分自身の軸を通しながらも、これまでのやり方に固執せず、新しい仕事や業種に転換したり、幅を広げたりする人々のしなやかな強さに印象付けられました。

一方で、歳月の哀しみを感じることもあります。生老病死はあらがい難しで、元気いっぱいだった方を訪ねると、最近亡くなっておられたりという経験が多くなってきました。寂しく残念ですが、その時代を生きてきた人の足跡は消えることはないし、後の人にしっかりと受け継がれていると改めて感じ入ることもありました。

多くの人でにぎわっていた集落のイベントでも、むらおこしの中心メンバーが歳をとったり財政難で休止というところが出ています。そうした中でも、これまでの実績をふまえて、次かその次の世代のメンバーが新しい取り組みにかかっているところも見ました。

令和2年＝２０２０年を荒らした新型コロナウイルスのために、ここで取り上げたお祭りや行事も中止や縮小を余儀なくされました。影響はしばらく残るでしょうが、こうした対応がずっと続くことはあり得ないでしょう。「オンライン」「リモート」では満たしきれない、現実の場所でのしっかりしたつながりと本物の体験が、より大切にされることになると信じています。

今回取り上げたものは22項目ですが、回りきれなかったところ、これから訪ねるところも含めて、うつりかわりを書き継ぐことができればと思っています。

忘れ物を抱えて駅まで追いかけてきてくれた宿の大女将さんの表情は忘れられません。一個人での取材をサポートしてくださった各地のみなさまに御礼いたします。公共交通機関の利用が困難になっているところも回り、車の運転やナビで協力してもらった家族にも、この場で感謝します。

２０２０年6月

小泉　清

小泉　清（こいずみ きよし）

1952年 大阪府豊中市生まれ。豊中高校、東京大学文学部社会学科卒。
1977~2010年　読売新聞大阪本社。神戸支局、整理部、京都支局、科学部、メディア編集部などで勤務。

うつりゆく時をたずねて

2021年1月8日　第1刷発行

著　者　小泉　清
発行人　大杉　剛
発行所　株式会社 風詠社
〒553-0001　大阪市福島区海老江5-2-2
大拓ビル5 - 7階
Tel 06（6136）8657　https://fueisha.com/
発売元　株式会社 星雲社
（共同出版社・流通責任出版社）
〒112-0005　東京都文京区水道1-3-30
Tel 03（3868）3275
印刷・製本　シナノ印刷株式会社

ISBN978-4-434-28393-2 C0095